中国共产党历史展览馆
MUSEUM OF THE COMMUNIST PARTY OF CHINA

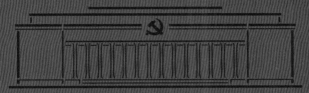

中国共产党历史展览馆
MUSEUM OF
THE COMMUNIST PARTY OF CHINA

華嚴經塔
吴昌碩紀念室
三老石室
西泠印社
丁敬像
剔蘚亭
阿彌陀佛經幢
鴻雪徑
印泉
潛泉
遯庵
還樸精廬
鑒亭
山川雨露圖書室
石交亭
石坊
六一泉

鶴廬
題襟館
小龍泓洞
鄧石如像
四照閣
缶龕
閑泉
寶印山房
柏堂
蓮泉
西泠印社

图书在版编目（CIP）数据

红色印迹 / 中国共产党历史展览馆，西泠印社编. 杭州 : 西泠印社出版社，2024.10. -- ISBN 978-7-5508-4608-1

Ⅰ. I247.5

中国国家版本馆CIP数据核字第2024NW7410号

红色印迹

中国共产党历史展览馆
西泠印社 编

出品人 王凌永
选题策划 来晓平 刘韵 叶涵
责任编辑 傅笛扬
特约编辑 郝禹
装帧设计 田之友
图版摄影 王刘达 梁茵 董帅
责任出版 杨飞凤
责任校对 应俏婷
出版发行 西泠印社出版社
（杭州市西湖文化广场三十二号五楼 邮政编码 三一〇〇一四）
经销 全国新华书店
制版 浙江新华图文制作有限公司
印刷 北京雅昌艺术印刷有限公司
开本 八八九毫米乘一一九四毫米 十六开
字数 二五〇千
印张 二三点五
书号 978-7-5508-4608-1
版次 二〇二四年十月第一版 第一次印刷
定价 三百八十元

西泠印社出版社发行部联系方式：（〇五七一）八七二四三〇七九

红色印迹

中国共产党历史展览馆
西泠印社
编

2024年主题出版重点出版物

西泠印社出版社

《红色印迹》编辑委员会

序言

二〇二一年，中国共产党百年华诞之际，中国共产党历史展览馆在首都北京正式开馆，西泠印社组织社员围绕建党百年主题创作相应印章三十六方，并于二〇二二年七月捐赠给中国共产党历史展览馆。

在中国共产党建党一百零二年之际，中国共产党历史展览馆与西泠印社进一步深化合作，组织开展『百年百事百印』篆刻主题创作项目，选择党史上有代表性的重大事件、重要会议、重要精神、名言金句等为主要内容，反映了中国共产党建党以来波澜壮阔的奋斗历程，并于二〇二三年七月入藏中国共产党历史展览馆。

印记百年历史，笔载辉煌华章。欣赏这些精心创作的篆刻作品，我们不禁回忆起建党一百周年的光荣时刻。大庆盛典气势恢宏。习近平总书记全程出席重大活动，发表一系列重要讲话，整个庆祝活动礼序乾坤、乐和天地，全面展示党的百年光辉历程，集中彰显百年大党的时代风采，办成了气贯长虹的党之大典、百年盛典。红色殿堂熠熠生辉。中国共产党历史展览馆圆满落成，『不忘初心、牢记使命』中国共产党历史展览馆庄严开幕，习近平总书记参观主题展览并带领党员领导同志重温入党誓词，号召全党铭记奋斗历程，担当历史使命，从党的奋斗历史中汲取前进力量。伟大征程感召激励。开馆以来，党史展览馆参观人数超过三百五十万，党员干部、社会各界、外国友人走进展览馆，追寻红色足迹，砥砺初心使命，感悟奋斗历程，探究成功密码；党史展览馆成为首都北京的红色新地标，成为共产党人的精神殿堂和精神家园，成为面向世界讲好中国共产党故事的崭新窗口，鼓舞激励干部群众奋进新征程、建功新时代。

党史展览馆开馆开展，离不开各地各有关方面的大力支持和倾情付出。大家怀着对党的深厚感情，提供文献文物，捐赠藏品展品，组织艺术创作，极大丰富了馆藏资源，充实了展览内容，提升了艺术品位。西泠印社组织著名篆刻家创作建党百年主题印章，为党史展览馆创精品、添亮色。篆刻家用金石篆刻讲述党的历史、铭记初心使命，弘扬传统文化、抒发家国情

西泠印社

怀，成为新时代重大主题创作的又一次生动实践。

以印写史，承载沧桑巨变。方寸之间融万千气象，中国印章文化源远流长。玺印源自先秦，兴于秦汉，战国时官职任命、书信封检，秦汉时官印白文、封印简牍，中华古史在官私玺印中清晰可辨。唐宋时印章材质丰富、字体多变。宋元以后文人刻印用印，诗书画印结合，印从书出，书以印彰。明清以来更是名家辈出、流派纷呈。可以说，印章文化的发展史，就是中华民族与文字相生相随的文明史、文化史，生动反映朝代更迭、制度演变、民族融合、文化变迁。在党史展览馆四千五百多件（套）展品中，就有多枚珍贵印章。孙中山早期从事革命活动时使用的『德明』小印，体现中山先生作为革命先行者的伟大精神。中华苏维埃共和国中央执行委员会印、八路军总指挥印、毛泽东同志签名印、中央人民政府大印等，是我们党带领人民实现民族独立和国家解放的珍贵见证。西泠印社寓党史于金石，从『开天辟地』到『中国梦』，从『十月革命一声炮响』到『马克思主义中国化』，从『为人民服务』到『人民就是江山』『江山就是人民』，在中国传统篆刻艺术中，铭记党的奋斗史、奋进史，反映民族复兴的沧桑巨变，一方方印章成为具有重要政治性和思想性的珍贵展品。

以印征信，见证永恒初心。印是信物，『以名以字，所以示信也』。印章具有『一诺千金』的权威性，体现出中华民族重信践诺的宝贵品格。中国共产党自成立以来，就把为中国人民谋幸福，为中华民族谋复兴作为自己的初心使命，无论任何艰难险阻，都坚定不移、勇毅前行，可谓『石可破难夺其坚，丹可磨难夺其赤』。在百年征程中，党的根本宗旨和奋斗目标，得到人民群众的衷心拥护，许多篆刻家通过刻印、赠印的方式，表达对我们党『言必信，行必果』的由衷敬意。重庆谈判期间，毛主席的《沁园春·雪》震撼山城，柳亚子请青年篆刻家曹立庵为主席刻了两方印章，盖于主席抄送他的词稿上，并托人送至延安。中华人民共和国成立后，著名篆刻大师邓散木为毛主席刻就一枚龙钮大印，成为一段感人佳话，这枚大印也在党史展览馆中郑重展出。此次西泠印社组织创作的篆刻作品，就是我们党践行初心使命、矢志民族复兴的宝贵见证，也是党同人民血肉联系的生动体现。

以印明道，诠释真理力量。文以载道，书法、篆刻等艺术作品，传递价值理念，彰显精神品格，是展示传播红色文化、弘扬社会主义先进文化的重要载体。近年来，西泠印社围绕改革开放四十周年、中华人民共和国成立七十周年等重要时间节点，精心创作一大批具有思想性、艺术性和观赏性的篆刻作品。在G20杭州峰会期间，西泠印社以印为媒，治『姓名印』作为国礼赠送与会各国领导人，充分展示中华文化软实力。围绕庆祝建党一百周年组织创作的这些篆刻作品，鲜明表现我们党的指导思想、理论品格和伟大精神，特别是聚焦新时代的原创性思想、变革性实践、突破性进展、标志性成果，『新

发展阶段、新发展理念、新发展格局』『伟大斗争、伟大工程、伟大事业、伟大梦想』『打铁还需自身硬』『人类命运共同体』『以史为鉴、开创未来』『不负时代、不负韶华』等人们耳熟能详的名句、金句，充分反映在以习近平同志为核心的党中央坚强领导下，党和国家事业取得的历史性成就、发生的历史性变革，充分展示习近平新时代中国特色社会主义思想的强大真理力量和实践伟力。

以印弘文，赓续文化传统。『铁笔石趣』，篆刻综合字法、章法、刀法、钤印法等多种表现形式，是中华优秀传统文化的典型代表。在长期的艺术实践中，色彩运用、构图布局、边款设计等方面，运用疏密、轻重、屈伸、挪让、巧拙等理念，形成刚柔相映、阴阳相济、奇正相生、虚实相间等美学特点，体现了传统文化朴素的辩证观，具有独特的艺术韵味、审美情趣和文化内涵。特别是宋元以后文人治印，印章的表意功能和抒情功能更加强化，篆刻创作更具艺术含量和人文精神。西泠八家中，丁敬身纵横捭阖，赵次闲平正工稳，各有面目、各得其妙。西泠印社首任社长吴昌硕先生转益多师、印外求印，融合诸派之长，成就一代宗师。当代西泠诸名家，韩天衡先生大气唯美、字形瑰玮，陈振濂先生书印俱佳、入古出新，李刚田先生纵横舒展、意态俊迈，带领西泠社员以打造精品为己任。这些印章在中国共产党人的精神家园和精神殿堂收藏展示，正是对中华优秀传统文化的传承和礼敬。

以印崇德，彰显家国情怀。中国文人历来有道德文章、修齐治平的胸襟和抱负，同声相应、同气相求，近代以来以结社研学、发扬国粹相互砥砺，南社、营造学社、西泠印社就是杰出代表。在风潇雨晦的年代，王福庵、丁辅之、叶为铭、吴隐四君子乐石吉金，唯印是求，结社西泠桥畔，独守印学一脉。二十世纪初，为避免重要文物流失海外，印社诸老发起募款，赎回国宝『汉三老碑』，『载归东汉碑三老，选萃西泠印八家』的事迹口口相传。抗战时期杭州沦陷，以丁辅之为首的四大收藏家检理劫余印章，钤成二十卷的《丁丑劫余印存》，保留文化火种，控诉敌寇罪行，中华文化历劫不磨，成为西泠爱国精神的鲜明写照。

当代西泠人传承老一辈印人的家国情怀，怀着对党和国家的真挚情感，克服种种困难，反复推敲打磨，用心用情创作，为我们奉献了一百三十八件融合传统文化与红色文化、传统技艺与时代主题的精品佳作，体现了强烈的责任感和使命感，这些作品必将传之永久、与古为新。

中国共产党历史展览馆　西泠印社

二〇二四年七月

西泠印社

目录

图版

韩天衡

长三点九厘米　宽三点九厘米　高六点三厘米

印文

中国共产党历史展览馆

边款

以中国共产党党史为主线，全景式展示中国共产党矢志不渝奋斗之路的永久性展馆。

壬寅春节天衡谨刻。

陈振濂

长二点七厘米　宽二点七厘米　高十厘米

印文

开天辟地

边款

中国产生共产党，开天辟地大事变。壬寅陈振濂。

中國產生共產黨
開天闢地大事變
手書陳振濂

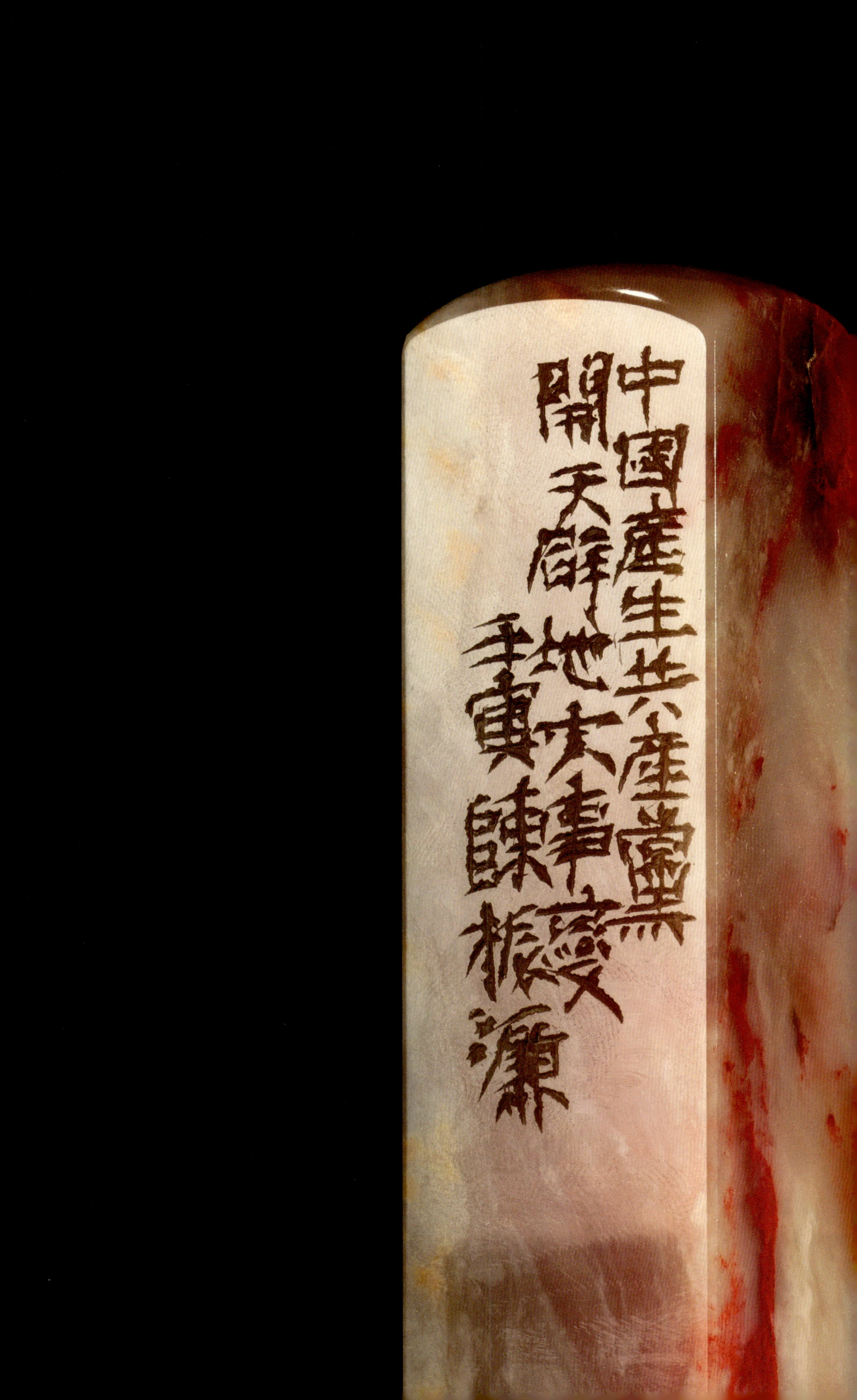
中國產生共產黨
開天辟地大事變
壬寅陳振濂

李刚田

长三点三厘米　宽三点三厘米　高七点四厘米

印文

大团结

边款

中华儿女大团结。辛丑冬李刚田制。

中華兒女大團結
辛丑冬李剛田製

童衍方

长三点八厘米　宽三点六厘米　高七点六厘米

印文

马克思主义

边款

十月革命一声炮响，送来马克思主义。童衍方敬刻。

十月革命一聲炮
響送來馬克思
主義
童衍方敬刻

孙慰祖

长三厘米　宽三厘米　高六点七厘米

印文

为人民服务

边款

中国共产党的根本宗旨是全心全意为人民服务。孙慰祖刻。

赵熊

长五厘米 宽五厘米 高四点九厘米

印文

脱贫攻坚

边款

弘扬脱贫攻坚精神，保持昂扬奋进姿态。辛丑嘉平赵熊刻。

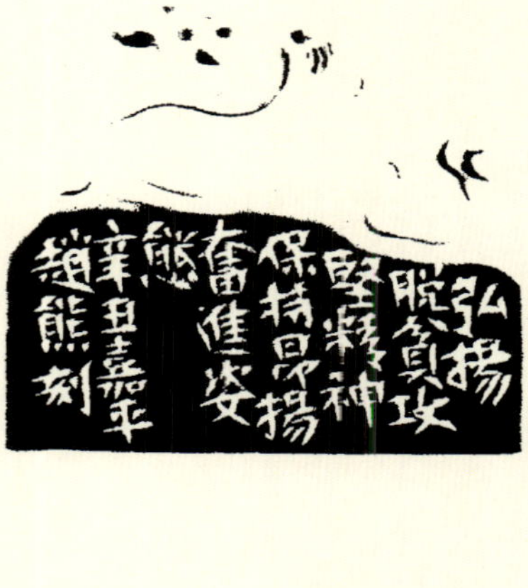

余正

长三点二厘米　宽三点二厘米　高七点九厘米

印文

人民就是江山

边款

人民就是江山。中国共产党根基在人民，血脉在人民，力量在人民。余正刻于西泠。

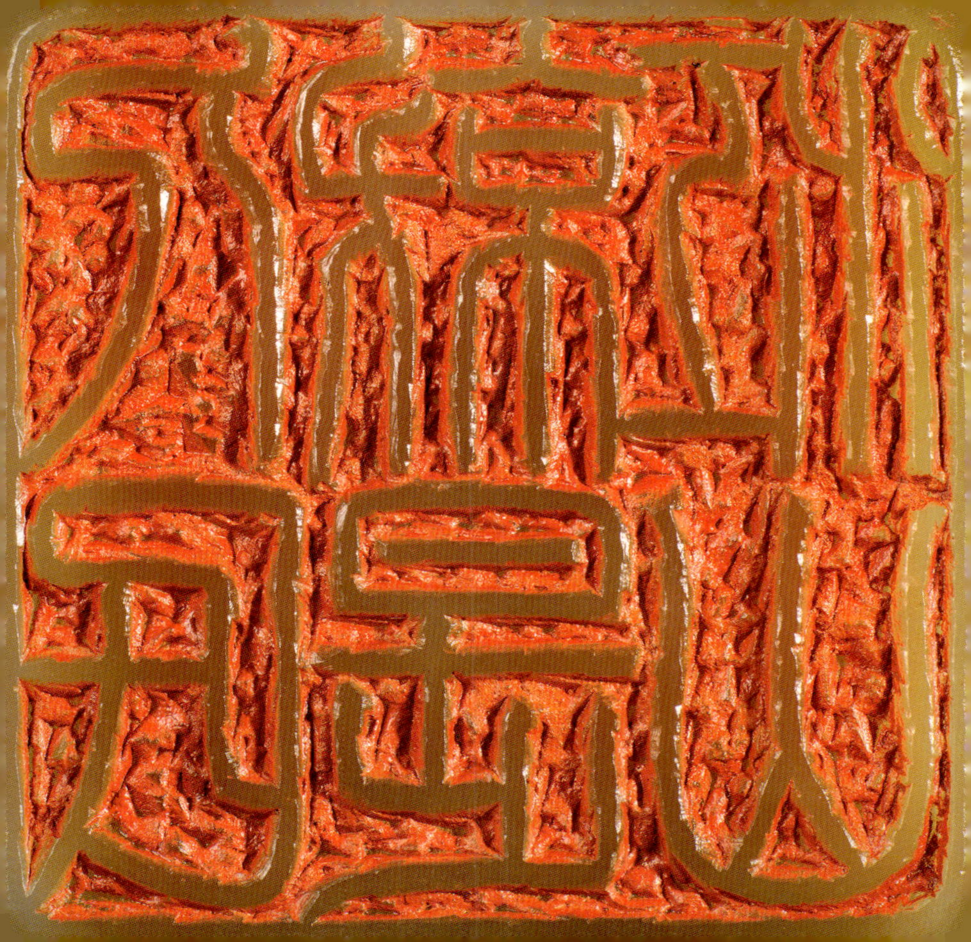

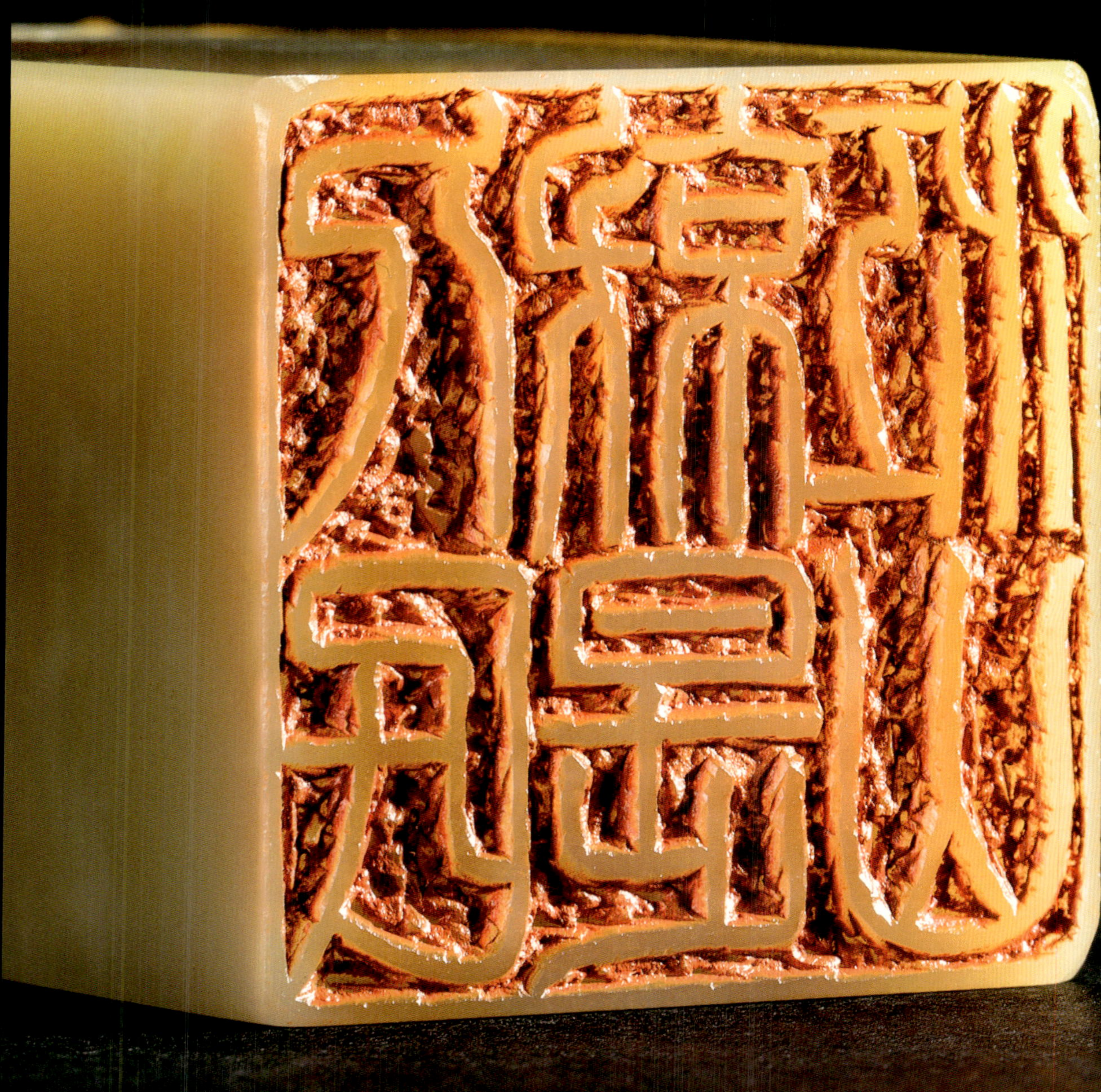

人民就是江山
中国共产党根基
在人民血脉在人民
力量在人民
余正刻于西泠

王义骅

长三厘米　宽三厘米　高十厘米

印文

江山就是人民

边款

江山就是人民，发展为了人民。发展依靠人民，发展成果由人民共享。西泠印社王义骅作。

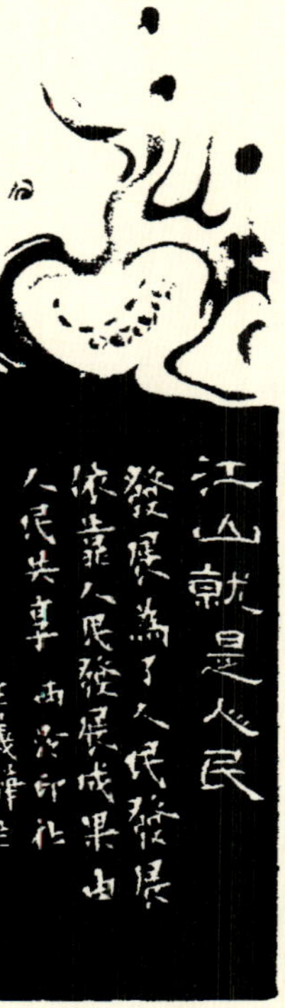

江山就是人民
發展為了人民發展
依靠人民發展成果由
人民共享 西泠印社
王義驊

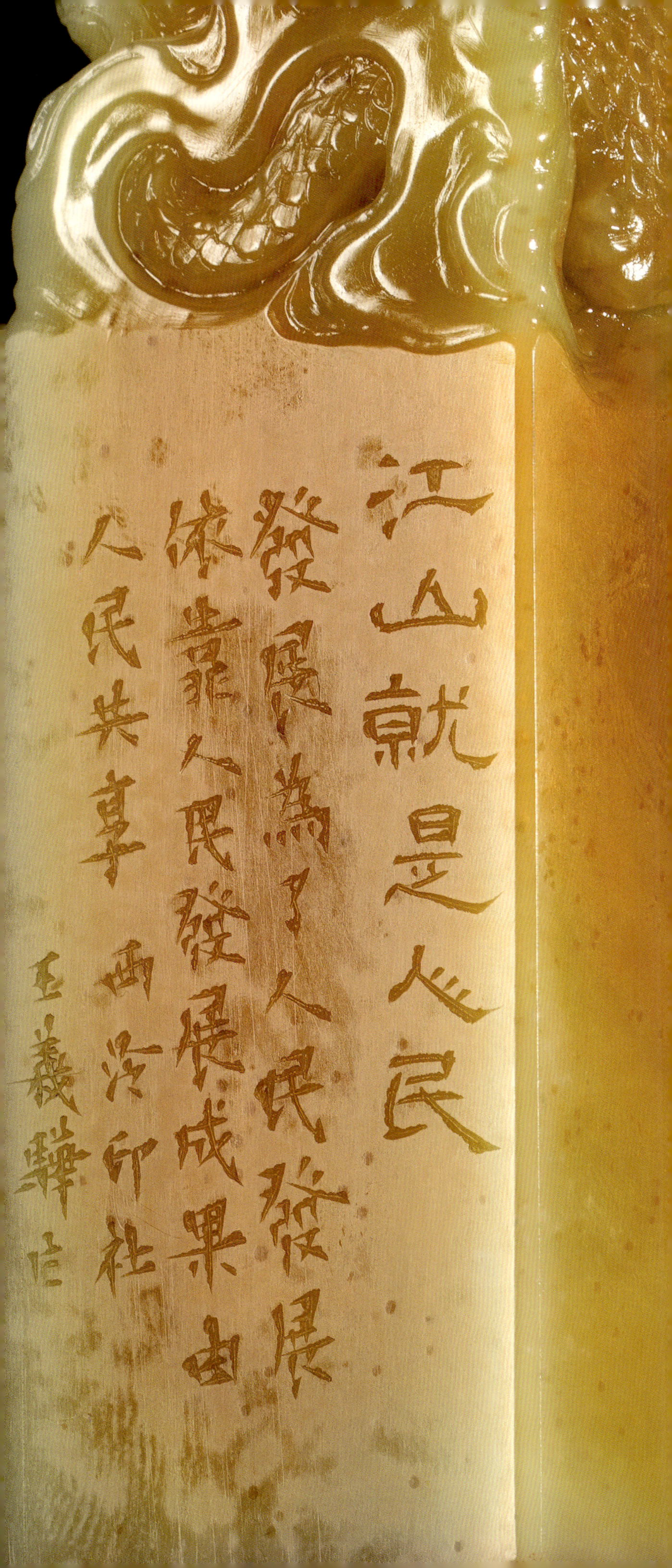
江山就是人民
發展為了人民發展
依靠人民發展成果由
人民共享
西泠印社
王義驊作

吴莹

长三点三厘米　宽三点三厘米　高六点七厘米

印文　以史为鉴开创未来

边款　用历史映照现实、远观未来。辛丑西泠印社吴莹刻。

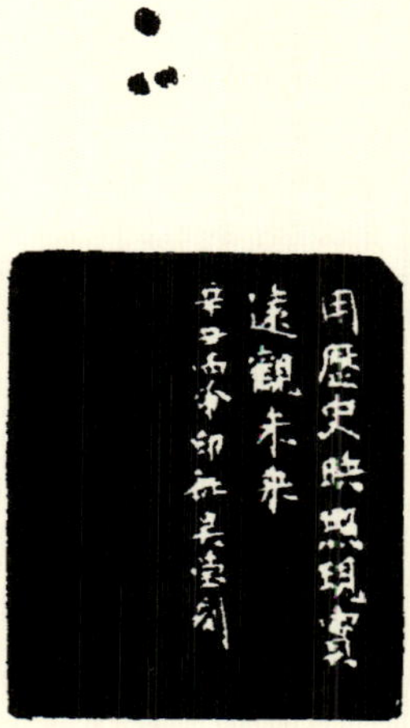

张耕源

长二点八厘米　宽二点八厘米　高七点七厘米

印文

新时代

边款

承前启后，继往开来。二〇二二年元月西泠耕源刻。

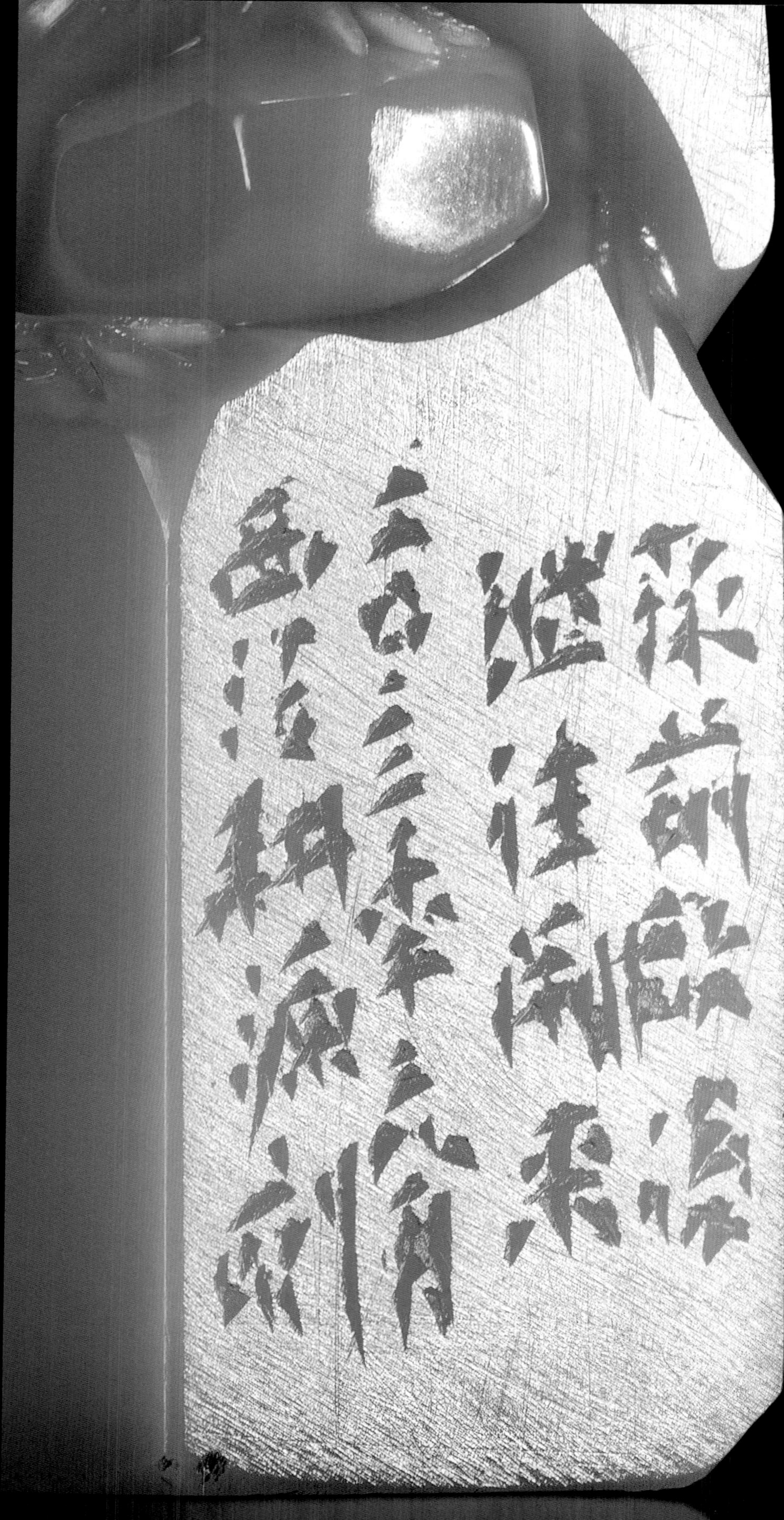

祝遂之

长三点一厘米　宽三点一厘米　高八点九厘米

印文　中国梦

边款　实现中华民族伟大复兴。祝遂之。

王丹

长三点一厘米　宽三点一厘米　高九点九厘米

印文　伟大光荣英雄

边款　伟大、光荣、英雄的中国人民万岁。辛丑易斋王丹。

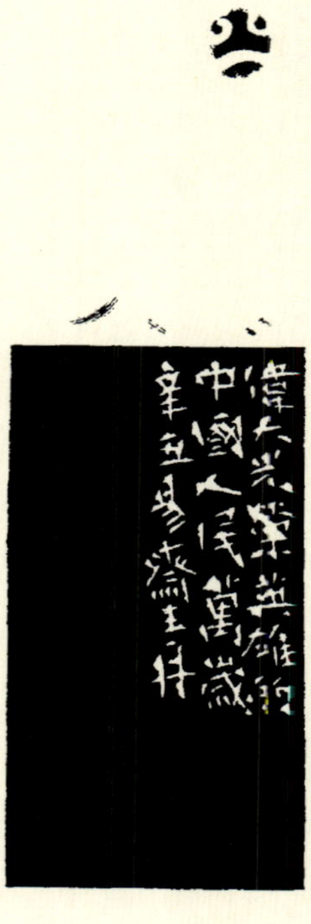

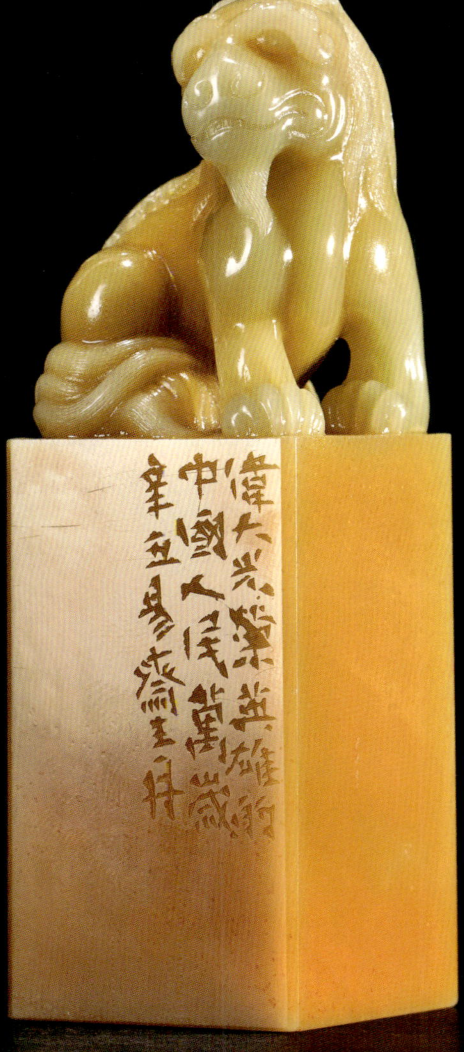
偉大光榮英雄的
中國人民萬歲

刘一闻

长二点九厘米　宽二点九厘米　高十点一厘米

印文　光荣

边款　弘扬光荣传统，赓续红色血脉。一闻刻。

许雄志

长四厘米　宽四厘米　高四点三厘米

印文

不负时代不负韶华

边款

未来属于青年，希望寄予青年。辛丑小寒少孺治石。

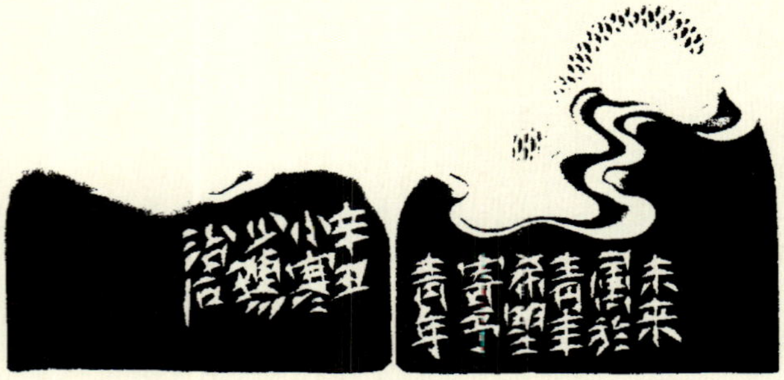

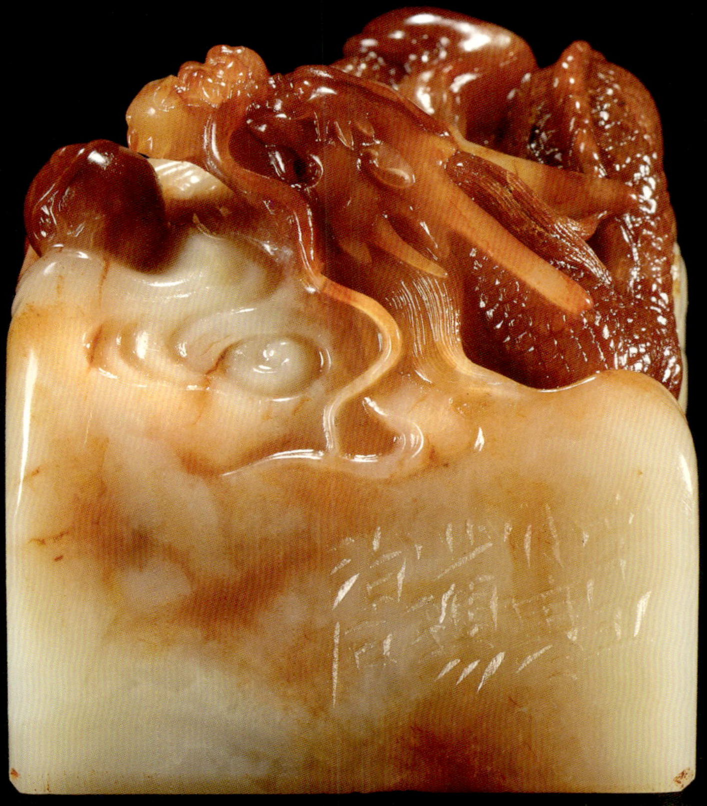

孙家潭

长三点四厘米　宽三点四厘米　高十四厘米

印文

伟大光荣正确

边款

伟大、光荣、正确的中国共产党万岁。辛丑孙家潭刊。

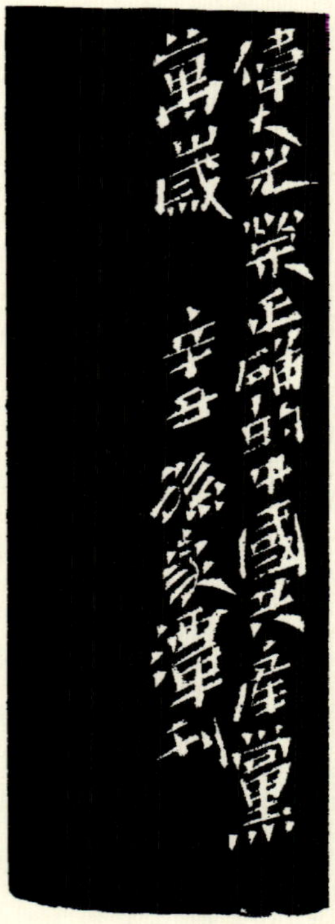
偉大光榮正確的中國共產黨
萬歲　辛丑　孫家潭刊

偉大光榮而正確的中國共產黨萬歲

辛丑夏日 徐谷甫漢刻

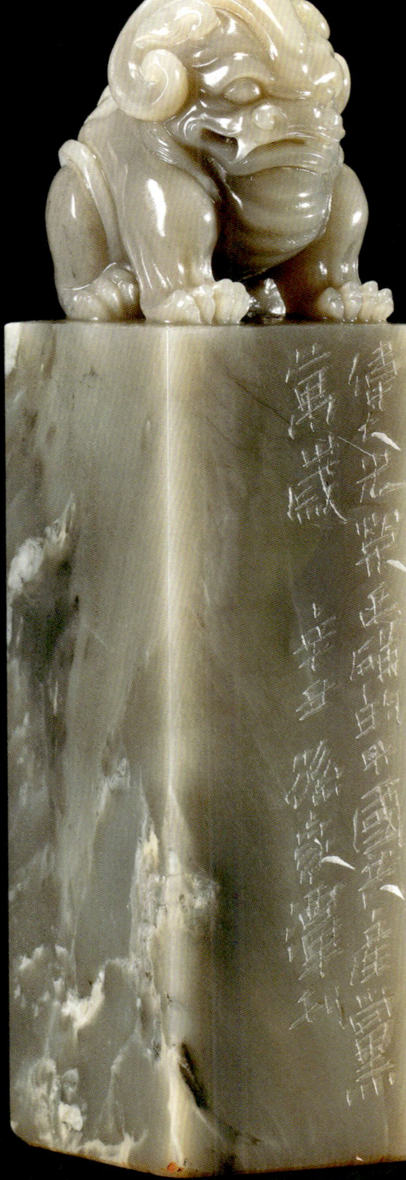

李早

长三点五厘米 宽三点五厘米 高十五厘米

印文 人类命运共同体

边款 为世界谋大同。辛丑冬月西泠印社李早篆。

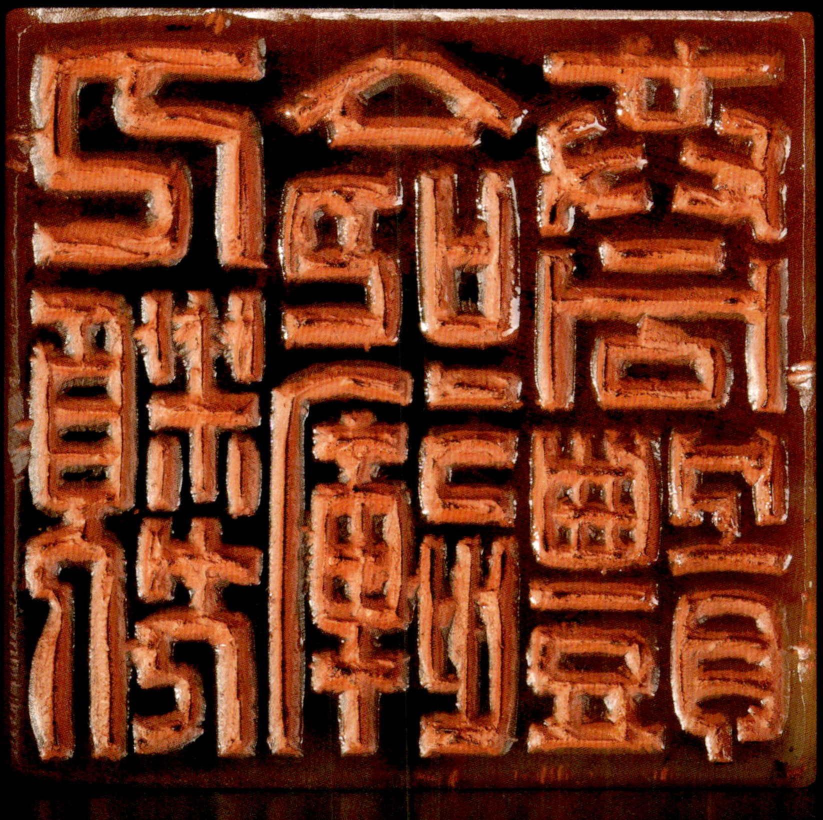

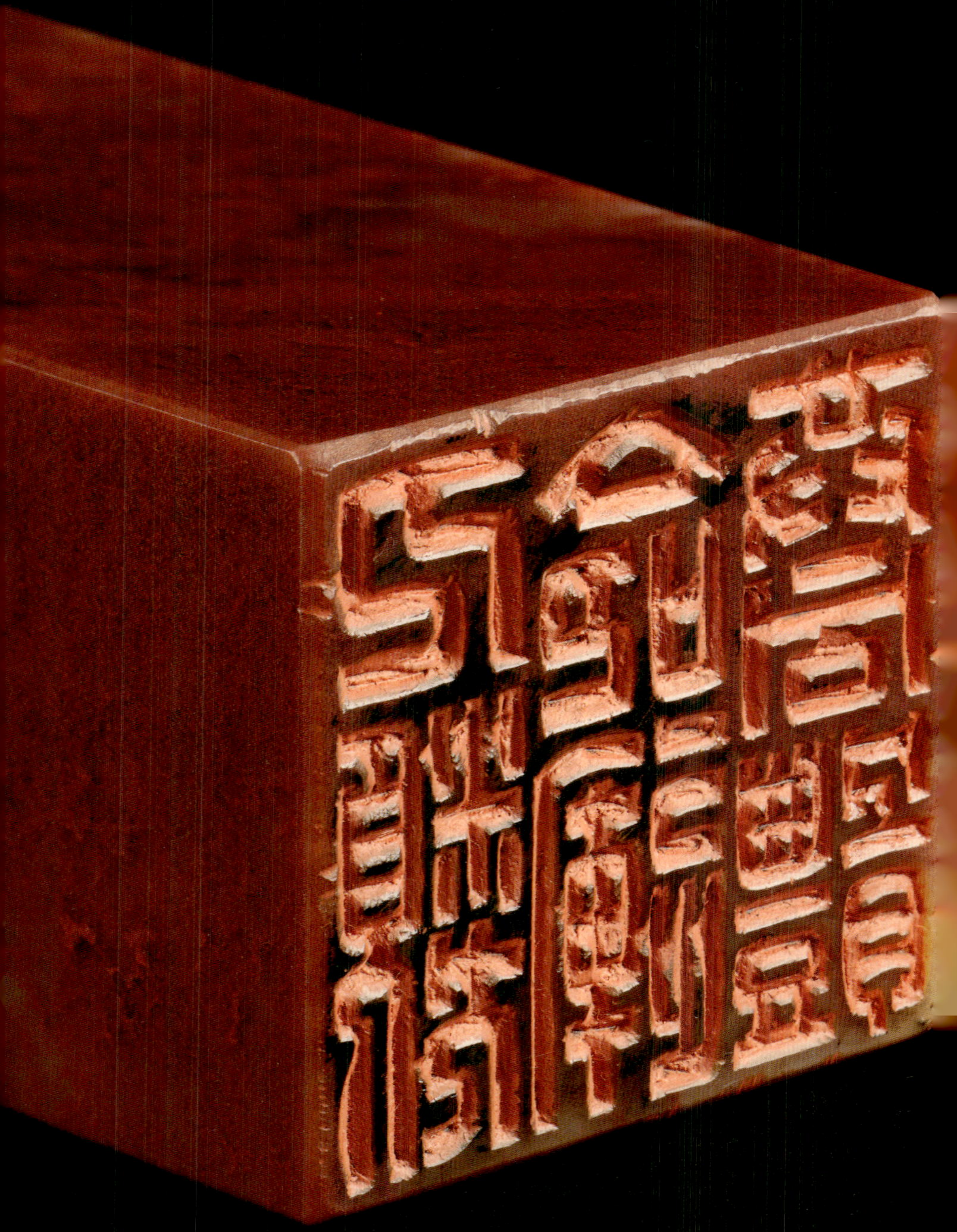

张索

长三厘米　宽三厘米　高八点一厘米

印文

打铁还需自身硬

边款

坚持党要管党，全面从严治党。壬寅春月张索刻。

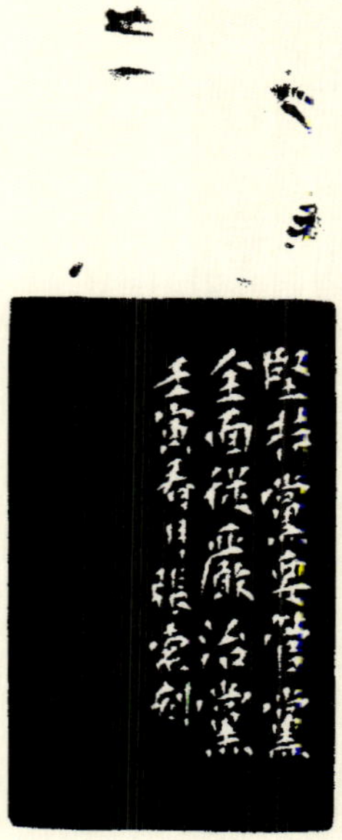

范正红

长三点三厘米　宽三点三厘米　高六点一厘米

印文

新发展格局

边款

国内大循环为主体，国内国际双循环相互促进。辛丑冬于泉城山印草堂，范正红。

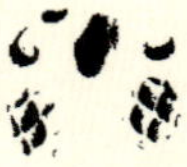

唐存才

长三点七厘米　宽三点七厘米　高三点五厘米

印文

新发展理念

边款

创新、协调、开放、绿色、共享。时辛丑十二月，步黟堂子穆作。

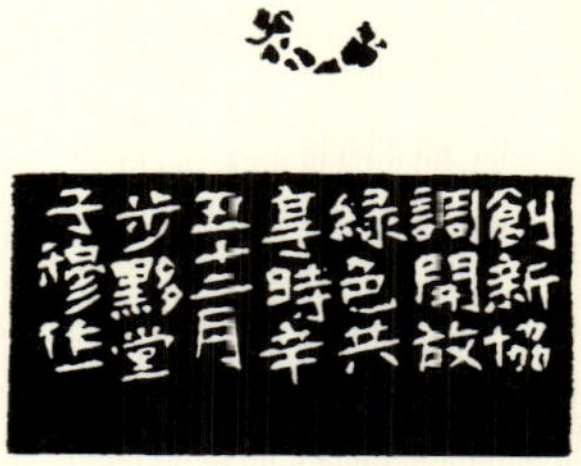

铸公

长四点二厘米　宽四厘米　高七点五厘米

印文

新发展阶段

边款

全面建设社会主义现代化国家，向第二个百年奋斗目标进军。二〇二二年一月山阴铸公刻于武汉。

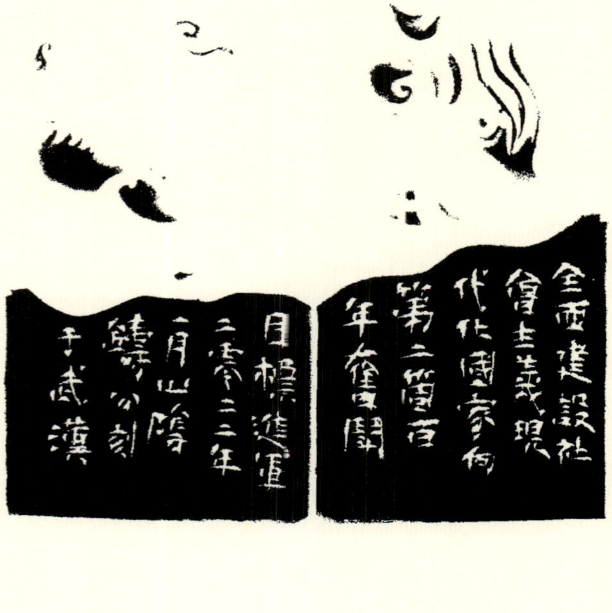

全國壽山設社
會主席楊現
代化國家何
第二屆百
年在重開

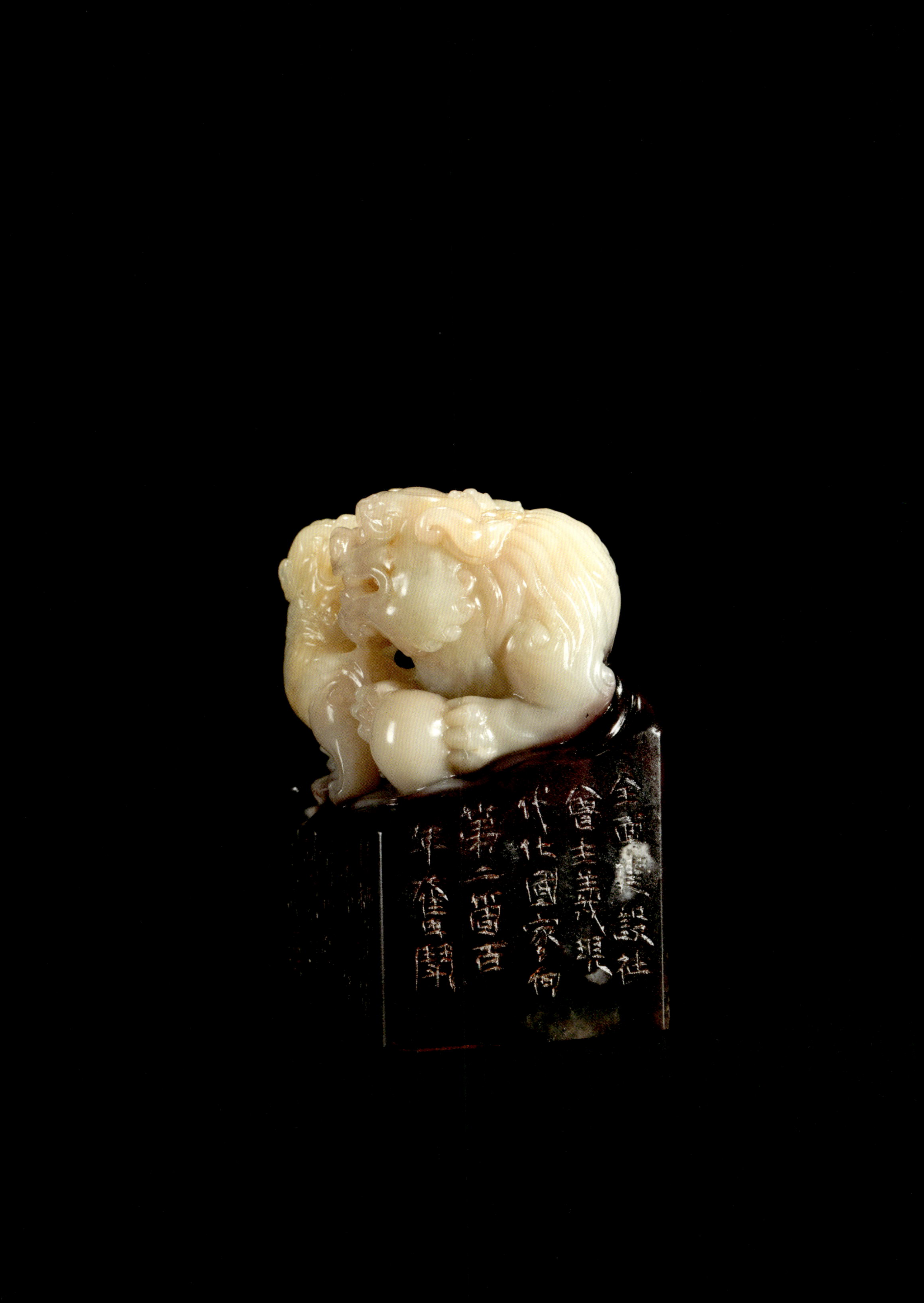

高庆春

长四点三厘米　宽二点七厘米　高十点五厘米

印文

坚持党的全面领导

边款

办好中国的事情，关键在党。辛丑冬高庆春。

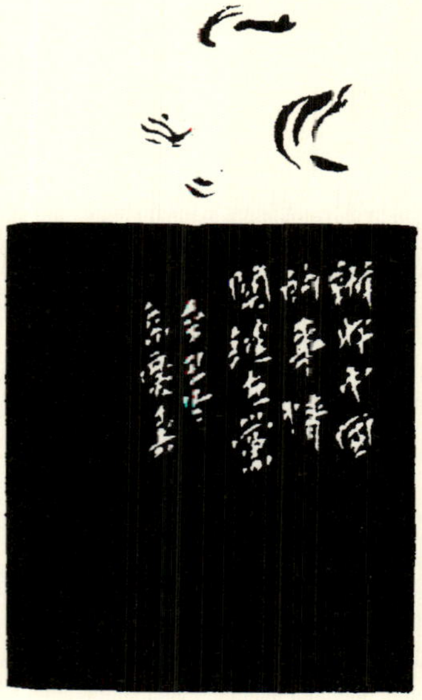

林剑丹

长三厘米　宽三厘米　高七点七厘米

印文

践行宗旨

边款

我将无我，不负人民。辛丑冬月林剑丹篆。

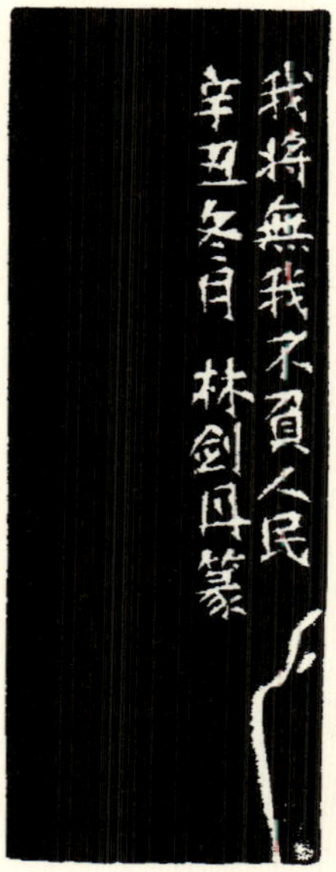

我將無我不負人民
辛丑冬月 林剑丹篆

骆芃芃

长三点一厘米　宽三点一厘米　高十四厘米

印文

开启新征程

边款

紧紧依靠工人阶级和广大劳动群众，开启新征程，扬帆再出发。壬寅骆芃芃刻。

桑建华

长四厘米　宽四厘米　高十点五厘米

印文

百年大党风华正茂

边款

庆祝中国共产党成立一百周年。辛丑吉月西泠印社桑建华作。

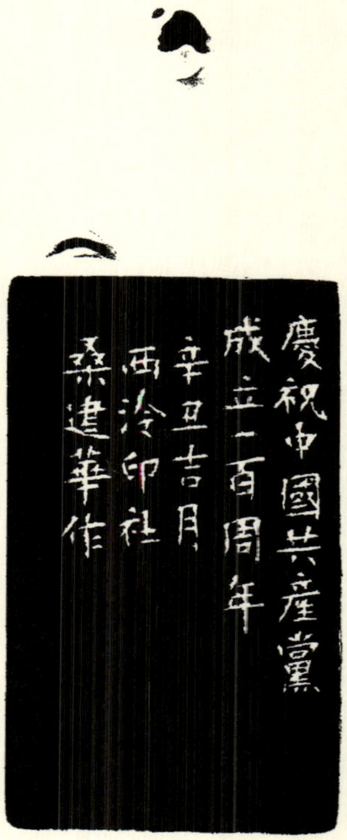

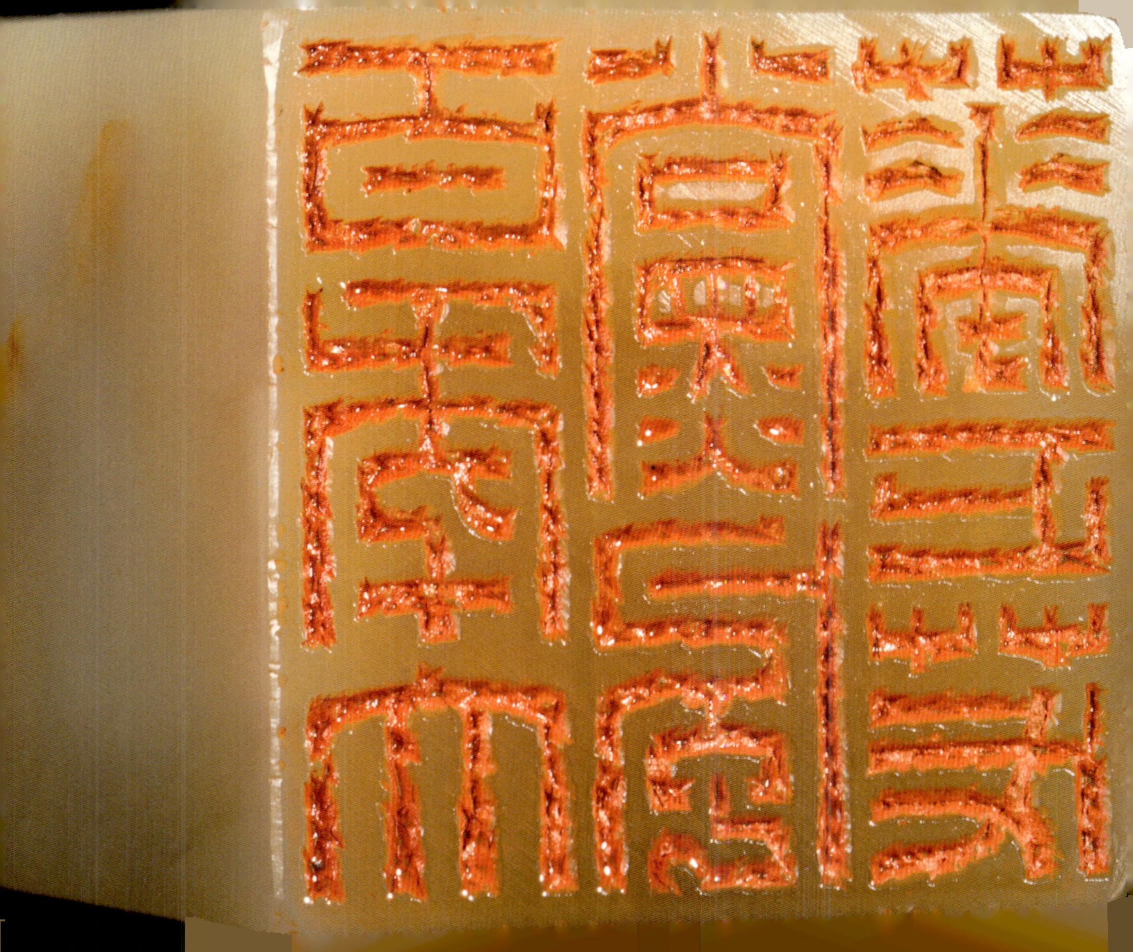

慶祝中國共產黨
成立一百周年
辛丑吉日
西泠印社

崔志强

长三点一厘米　宽三点一厘米　高六点八厘米

印文

走自己的路

边款

坚持和发展中国特色社会主义。辛丑志强。

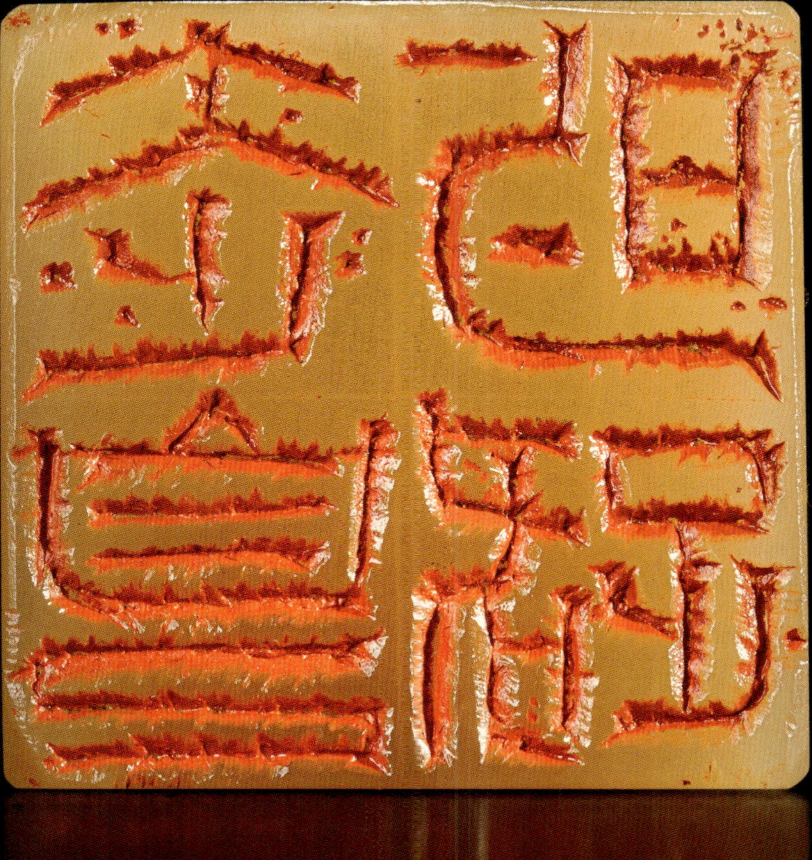

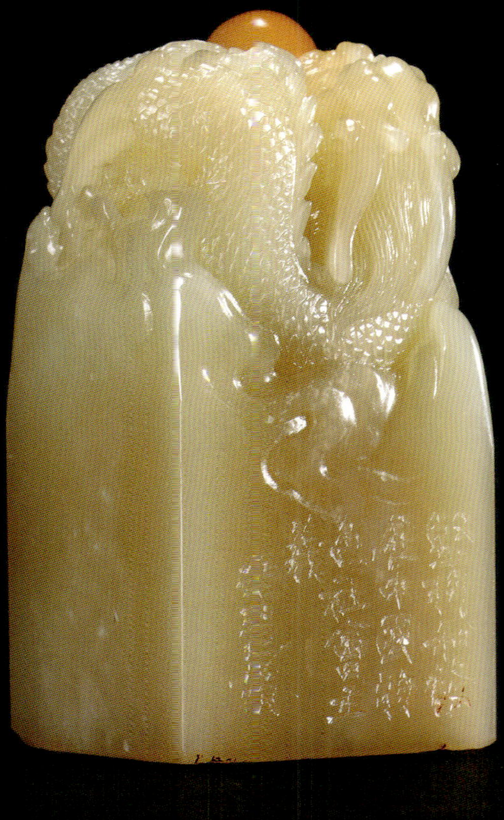

陈墨

长三点三厘米　宽三点三厘米　高十五厘米

印文

欲知大道必先为史

边款

欲知大道，必先为史。学史明理、学史增信、学史崇德、学史力行。辛丑冬月陈墨刊石。

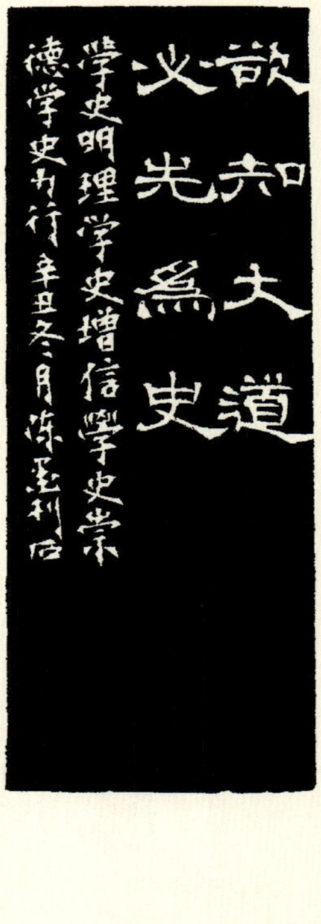

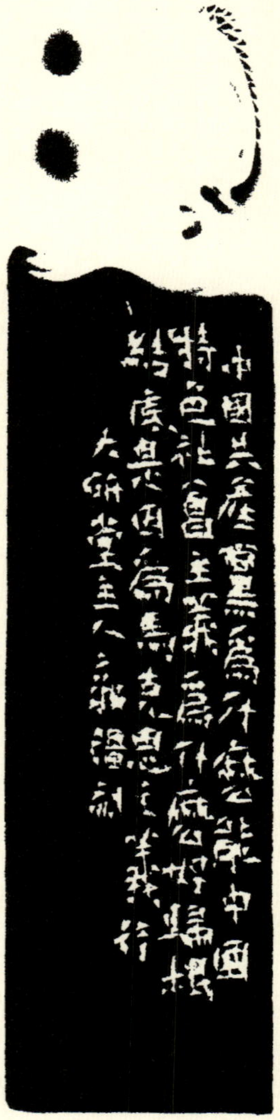

印文　马克思主义中国化

边款　中国共产党为什么能，中国特色社会主义为什么好，归根结底是因为马克思主义行。大研堂主人郭强刻。

郭强

长三点五厘米　宽三点五厘米　高十七厘米

韩焕峰

长四点八厘米　宽四点八厘米　高九点六厘米

印文

伟大建党精神

边款

伟大建党精神。坚持真理、坚守理想，践行初心、担当使命，不怕牺牲、英勇斗争，对党忠诚、不负人民的伟大建党精神。为中宣部藏印而刻之，岁次辛丑冬月刻于古城沧州瓦斋，西泠印人焕峰刊石并记。

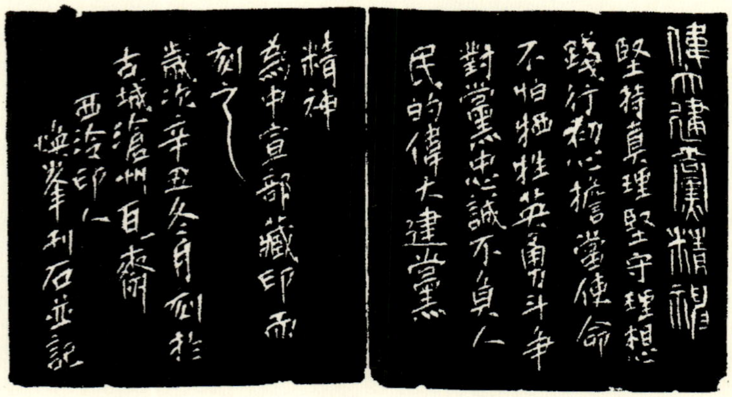

朱培尔

长二点九厘米　宽二点九厘米　高十一点五厘米

印文　不忘初心牢记使命

边款　不忘初心，牢记使命。培尔制。为人民谋幸福，为民族谋复兴。培尔又记于长虹桥。

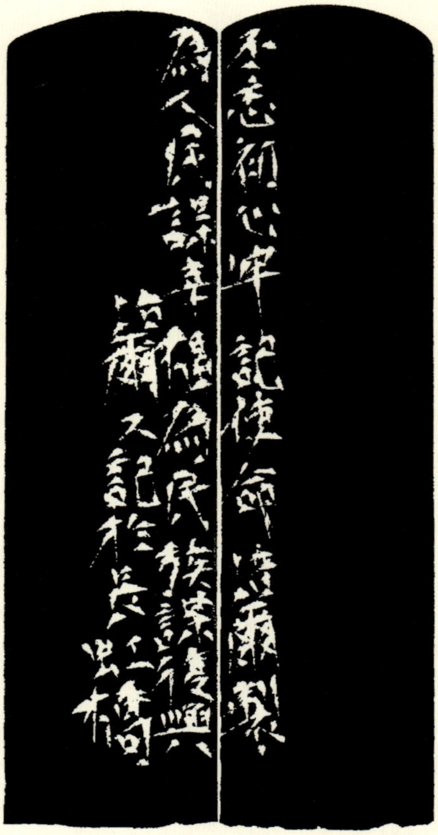

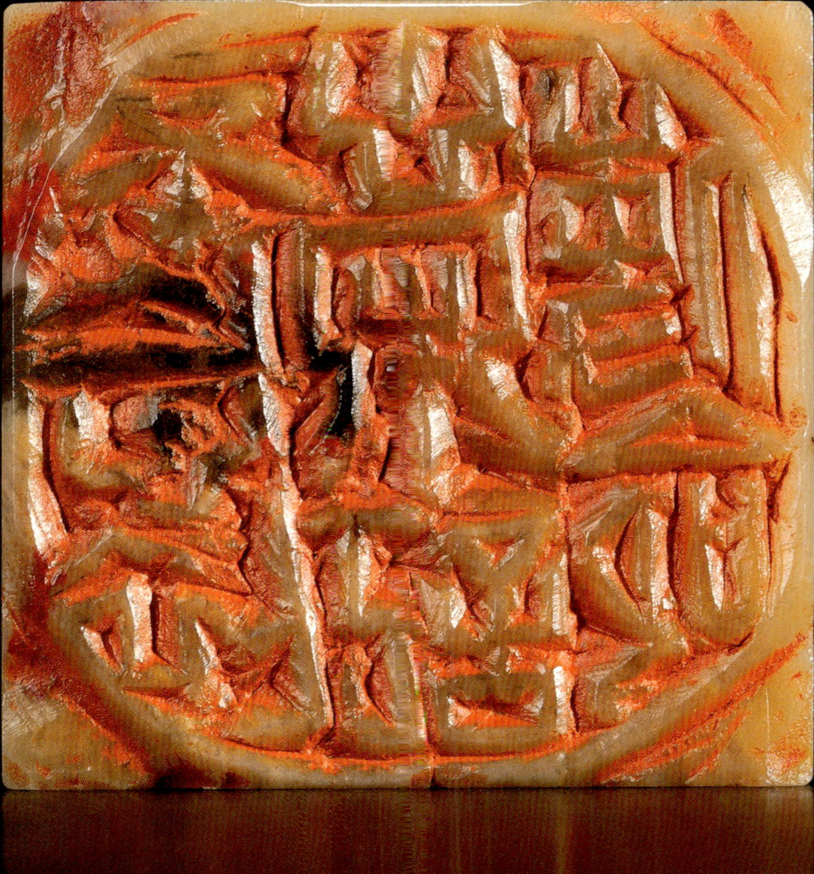

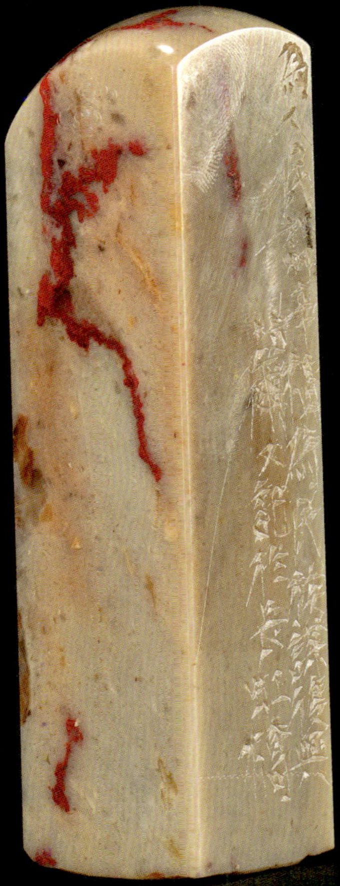

谷松章

长三点七厘米　宽三点七厘米　高三点五厘米

印文

一带一路

边款

政治互信，经济融合，文化包容。谷松章辛丑冬。

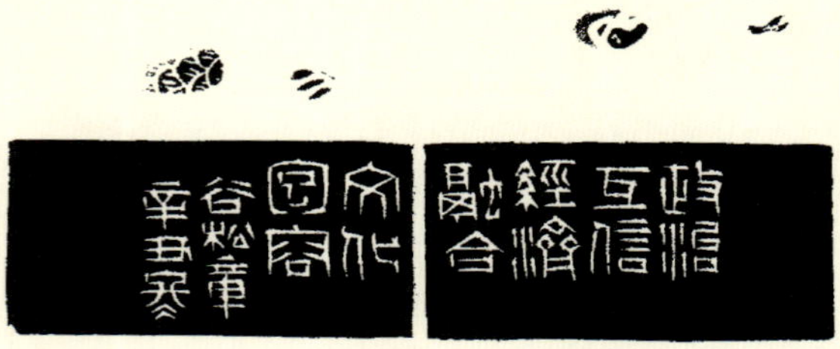

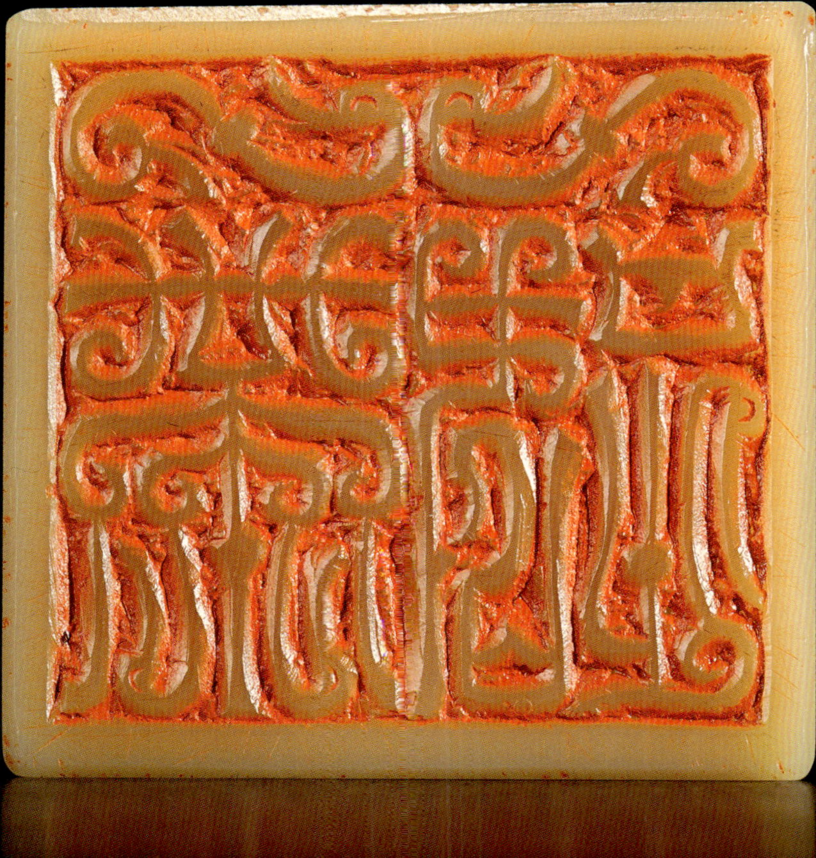

沈浩

长三厘米　宽三厘米　高七点二厘米

印文

坚定信念

边款

心中有信仰，脚下有力量。辛丑冬西泠沈浩刊。

心中有信仰
脚下有力量
辛丑冬

翟万益

长三厘米　宽三厘米　高十厘米

印文

百年征程

边款

百年征程波澜壮阔，百年初心历久弥坚。翟万益刻。

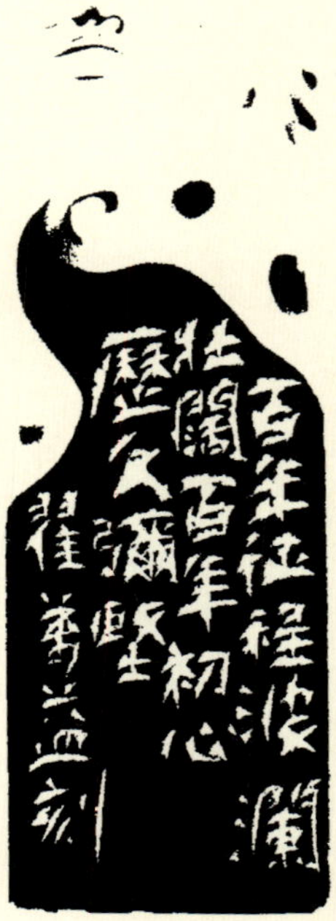

陈大中

长三点二厘米 宽三点二厘米 高三点八厘米

印文

伟大斗争

边款

敢于斗争，敢于胜利，是中国共产党不可战胜的强大精神力量。陈大中刻。

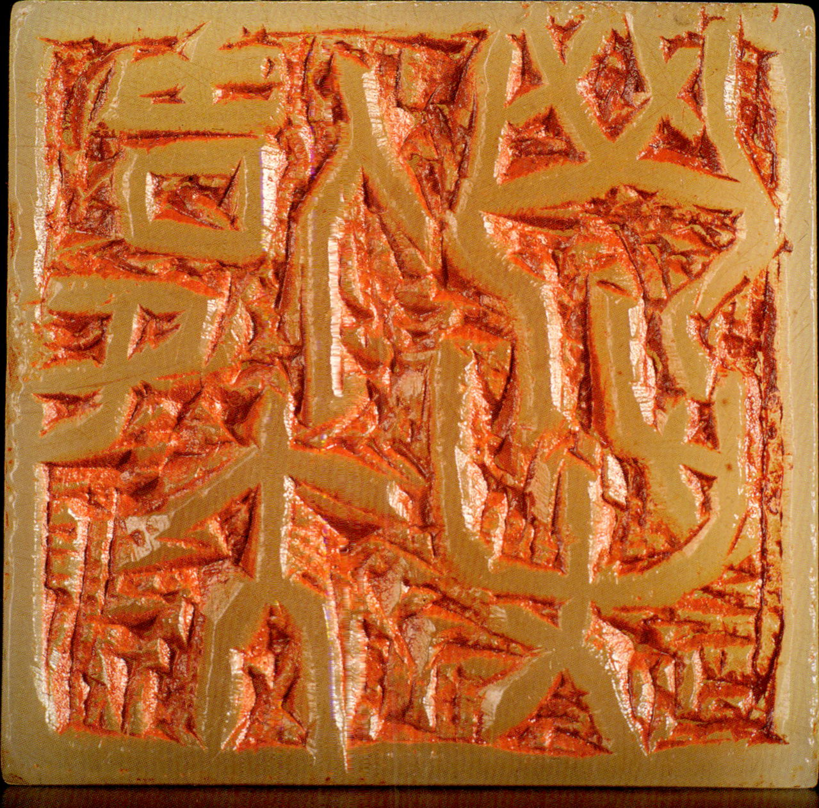

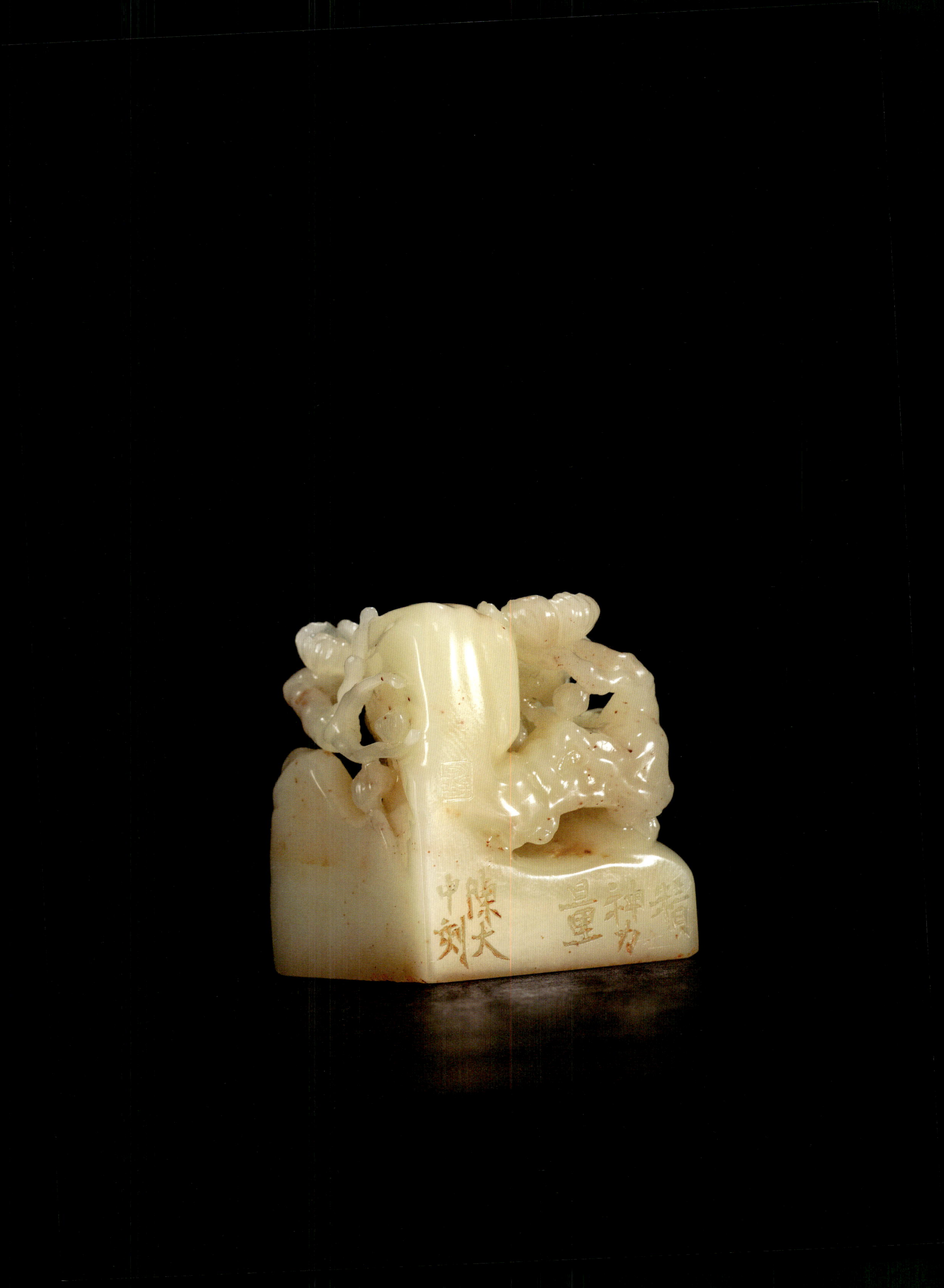
精神力量
陳大中刻

國共
產黨
不可戰
勝的
偉大

张炜羽

长二点七厘米 宽二点七厘米 高十点五厘米

印文

伟大工程

边款

伟大工程。确保党始终成为中国特色社会主义事业的坚强领导核心。辛丑嘉平西泠张炜羽。

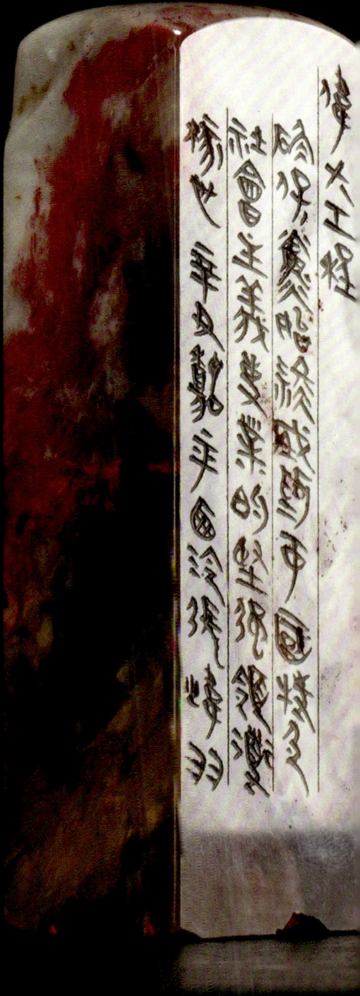

容铁

长四点三厘米　宽四点二厘米　高七点七厘米

印文

伟大事业

边款

为实现中华民族伟大复兴的中国梦不懈奋斗。辛丑容铁。

為實現中華民族偉大復興的中國夢

林公武

长三点六厘米　宽三点六厘米　高十五厘米

印文

伟大梦想

边款

让中华民族以更加昂扬的姿态屹立于世界民族之林。辛丑冬林公武制。

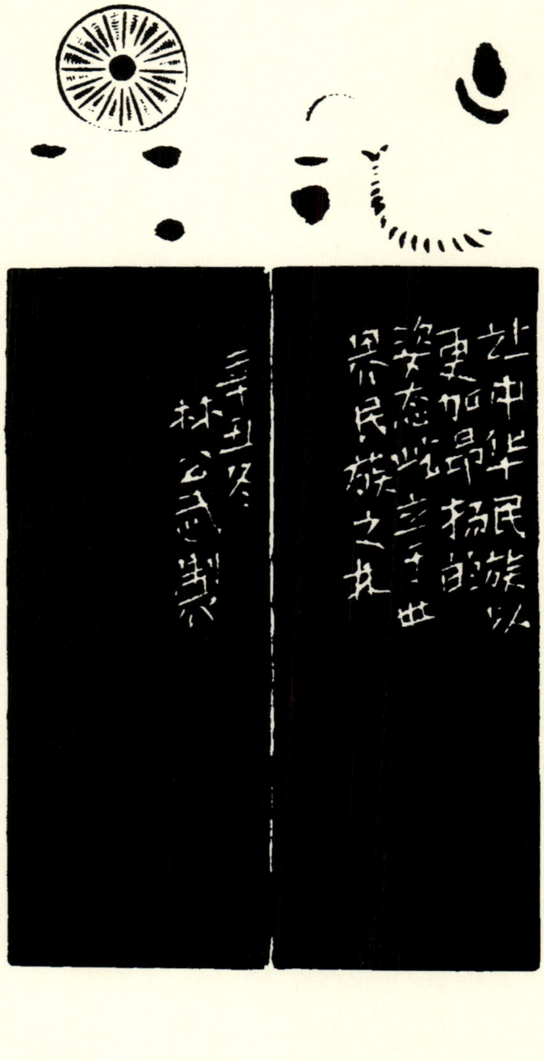

让中华民族以
更加昂扬的
姿态立于世
界民族之林
辛丑冬
林公武制

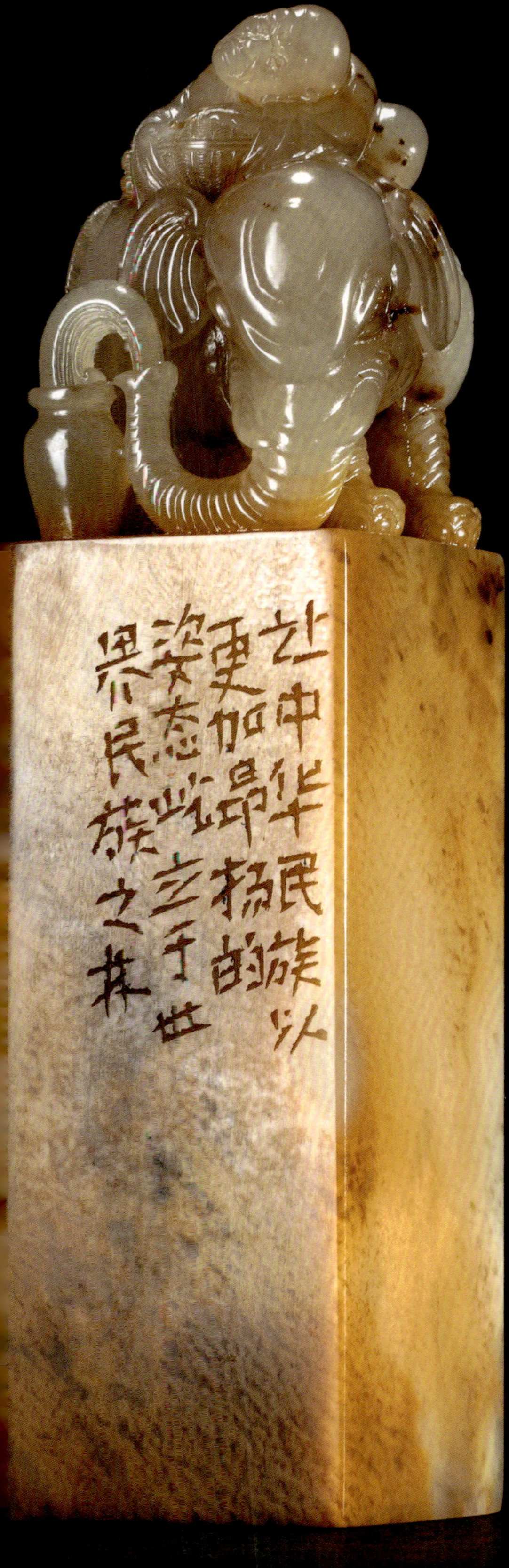
让中华民族以
更加昂扬的
姿态屹立于世
界民族之林

刘洪洋

长三厘米　宽三厘米　高八厘米

印文　马克思列宁主义

边款　马克思列宁主义。癸卯西泠印社刘洪洋刻。

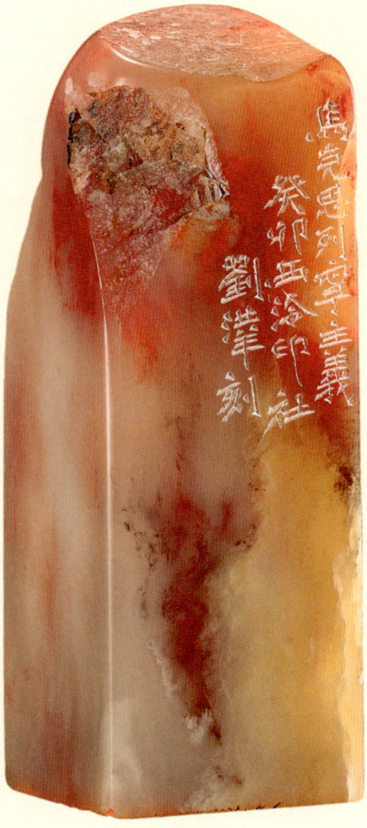

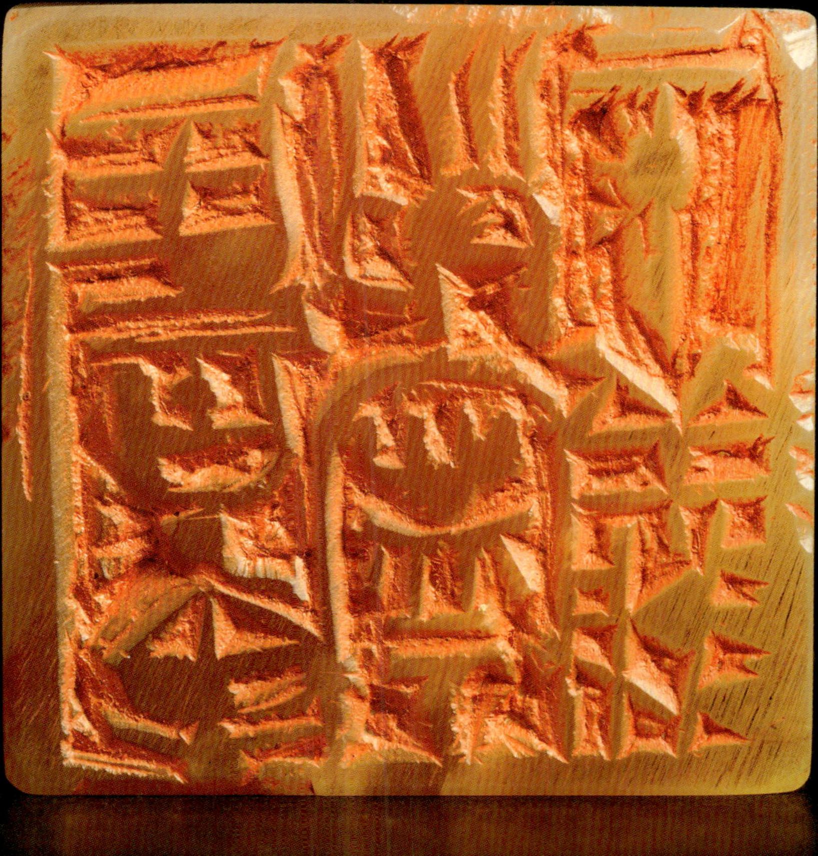

冯宝麟

长三点七厘米 宽三点五厘米 高五点六厘米

印文

毛泽东思想

边款

毛泽东思想。癸卯西泠印社冯宝麟。

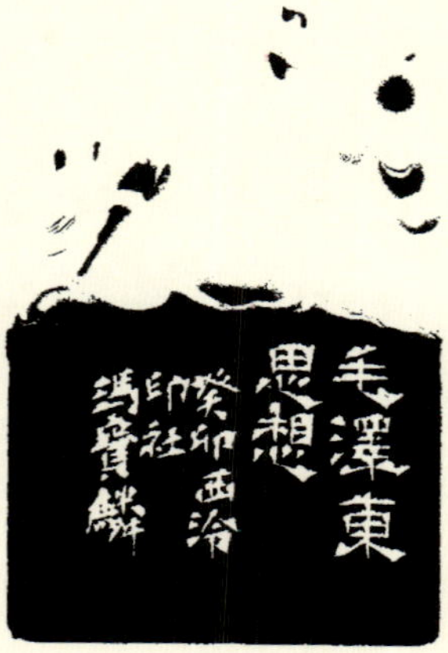

戴家妙

长二点六厘米　宽二点六厘米　高九厘米

印文　邓小平理论

边款　邓小平理论。癸卯西泠印社戴家妙刊。

施晓峰

长二点六厘米　宽二点六厘米　高八点三厘米

印文　三个代表重要思想

边款　『三个代表』重要思想。渊堂晓峰刻于甬上，岁次癸卯春深。

方国樑

长二点七厘米　宽二点七厘米　高九点六厘米

印文

科学发展观

边款

科学发展观。癸卯西泠印社方国樑篆刻。

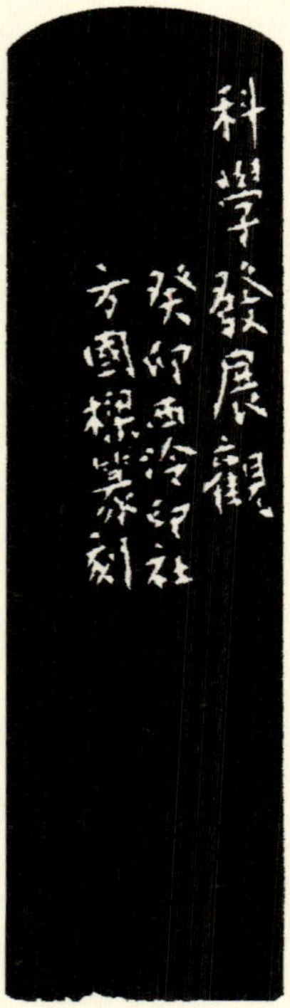

曹文武

长五点二厘米　宽五点二厘米　高四点九厘米

印文

习近平新时代中国特色社会主义思想

边款

当代中国马克思主义，二十一世纪马克思主义。癸卯西泠印社曹文武刻。

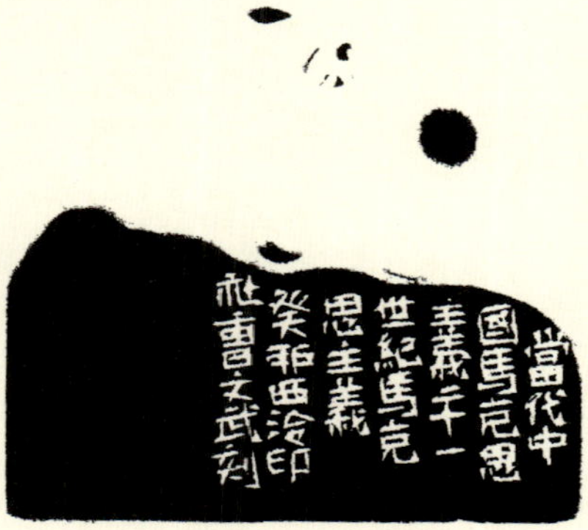

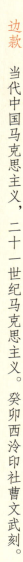

尹海龙

长四点三厘米　宽四点二厘米　高五点三厘米

印文

浴血奋战百折不挠

边款

新民主主义革命时期。癸卯仲春于融窠，尹海龙制。

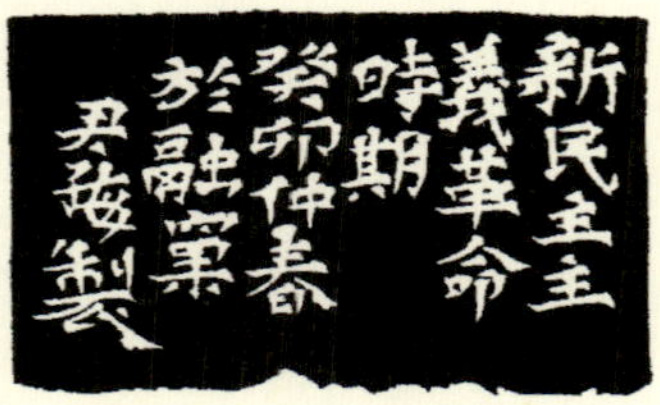

高中杰

长三点五厘米　宽三点四厘米　高三点八厘米

印文

自力更生发愤图强

边款

自力更生，发愤图强。社会主义革命和建设时期。癸卯西泠印社高中杰刻。

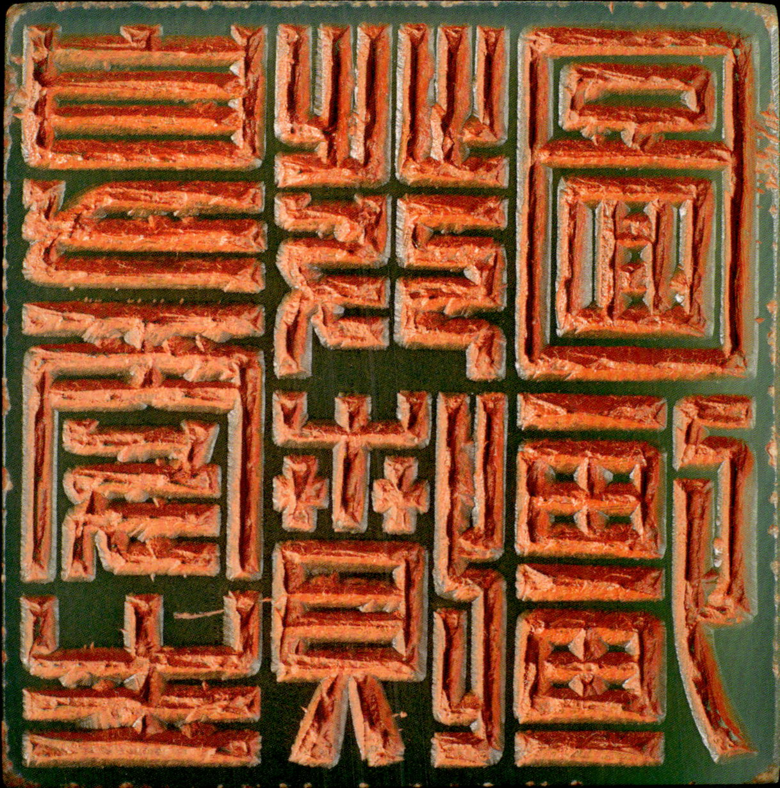

洪亮

长三厘米　宽三点一厘米　高六点八厘米

印文

解放思想锐意进取

边款

改革开放和社会主义现代化建设新时期。癸卯西泠印社洪亮刻。

王勋

长一点九厘米　宽一点九厘米　高六点五厘米

印文　自信自强守正创新

边款　中国特色社会主义新时代。癸卯西泠印社王勋。

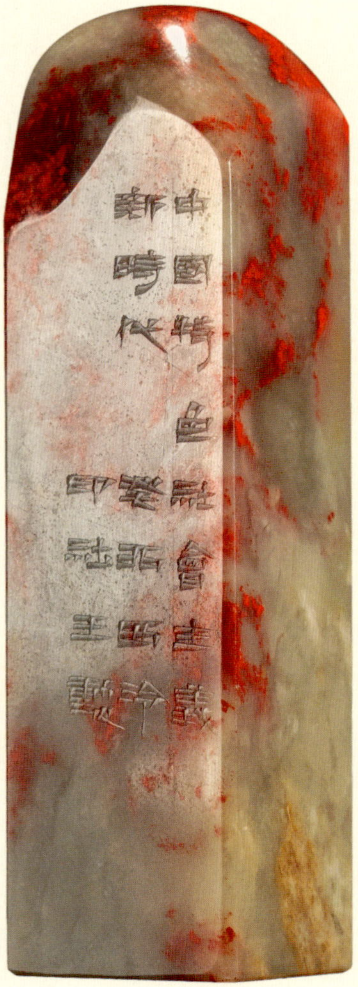

包根满

长三点七厘米　宽二点五厘米　高八点三厘米

印文

根本改变人民命运

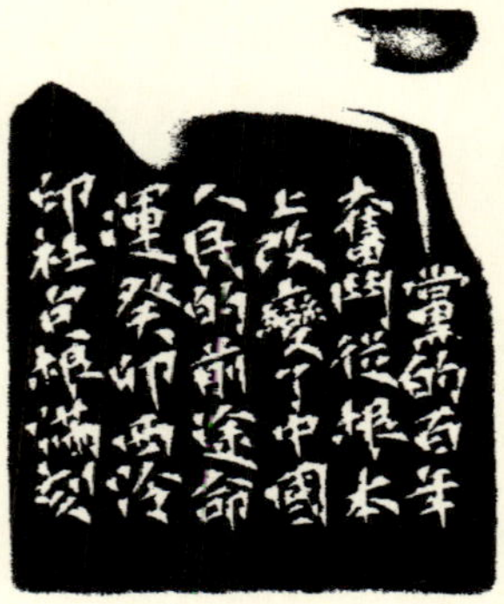

边款

党的百年奋斗从根本上改变了中国人民的前途命运。癸卯西泠印社包根满刻。

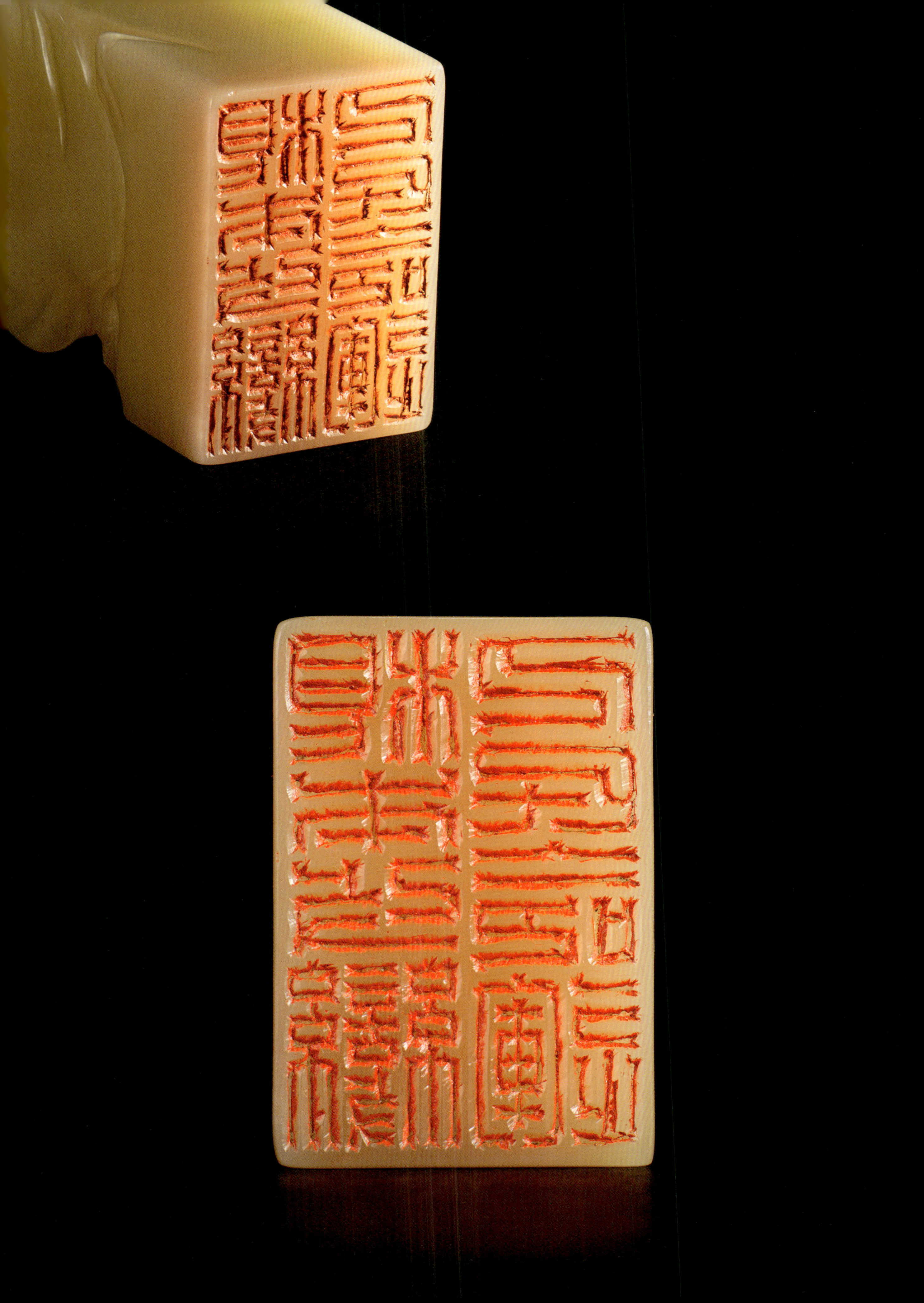

张跃飞

长三点二厘米　宽三点二厘米　高八点三厘米

印文

成功开辟复兴道路

边款

党的百年奋斗开辟了实现中华民族伟大复兴的正确道路。癸卯西泠印社张跃飞刻。

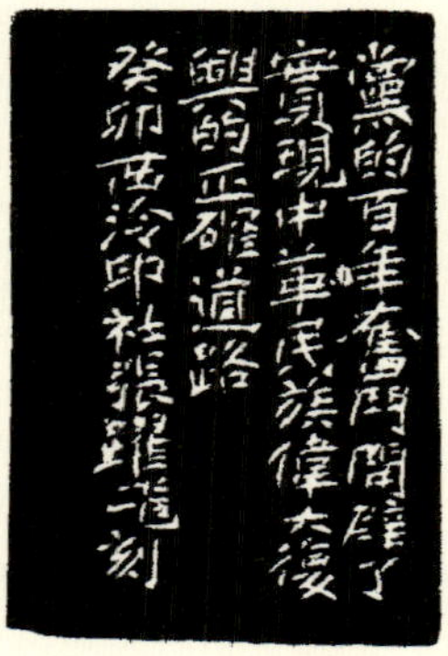

韩天雍

长四点六厘米 宽四点七厘米 高七点六厘米

印文 极大彰显真理力量

边款 党的百年奋斗展示了马克思主义的强大生命力。癸卯西泠印社中人韩天雍刊。

蔡毅

长三点七厘米　宽三点七厘米　高四点三厘米

印文

深刻影响世界进程

边款

党的百年奋斗深刻影响了世界历史进程。癸卯初夏西泠蔡毅。

『影』篆作『景』，蔡毅又记之。

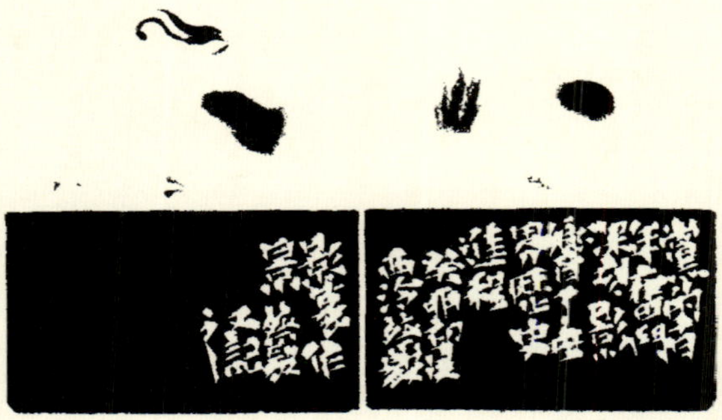

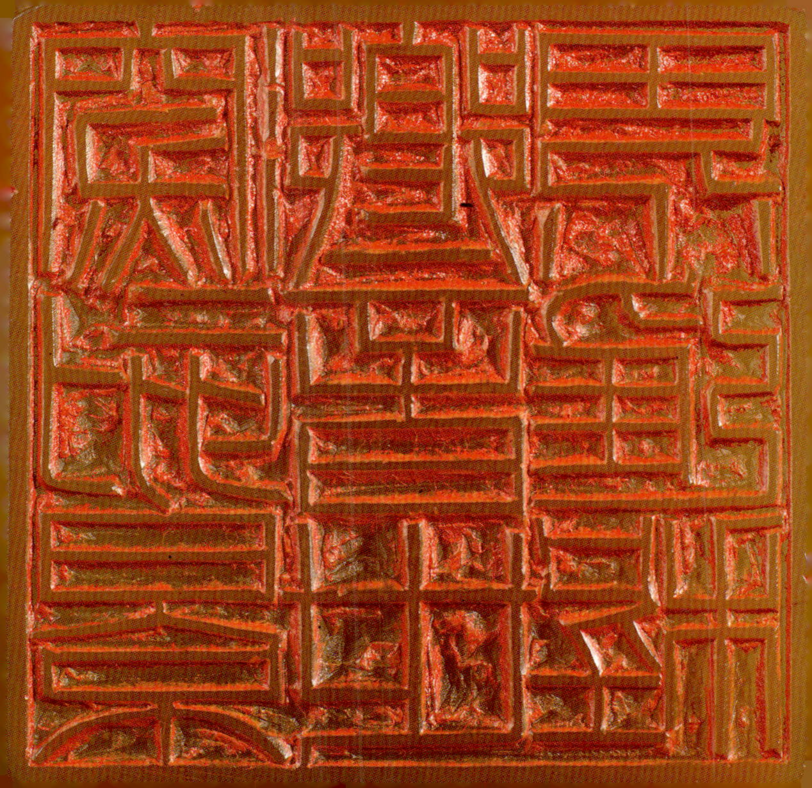

魏杰

长三点五厘米　宽三点六厘米　高九点七厘米

印文

浴火锻造先进政党

边款

党的百年奋斗锻造了走在时代前列的中国共产党。癸卯西泠印社魏杰刻。

徐谷甫

长三厘米　宽三厘米　高七点五厘米

印文

党的领导

边款

中国共产党百年奋斗的历史经验。癸卯之吉，徐谷甫刻。

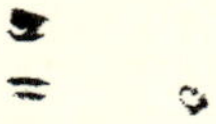

仇高驰

长二点一厘米　宽一点九厘米　高九厘米

印文　人民至上

边款　中国共产党百年奋斗的历史经验。癸卯西泠印社仇高驰刻。

刘银鹏

长二点三厘米　宽二点三厘米　高五点八厘米

印文

理论创新

边款

中国共产党百年奋斗的历史经验。癸卯西泠印社刘银鹏刻。

王臻

长二点七厘米　宽一点四厘米　高六点一厘米

印文　独立自主

边款　中国共产党百年奋斗的历史经验。癸卯西泠印社王臻刻。

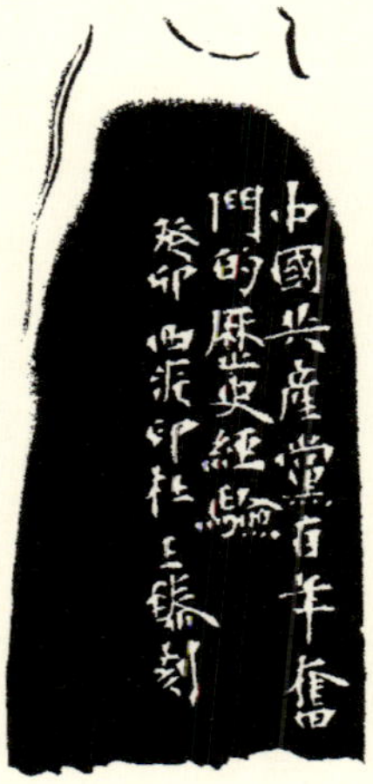

卢心东

长二点四厘米　宽二点四厘米　高六点五厘米

印文

中国道路

边款

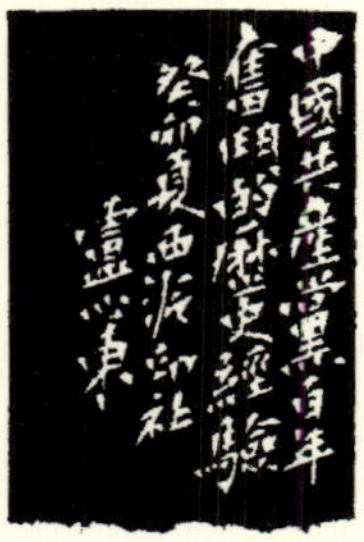

中国共产党百年奋斗的历史经验。癸卯夏西泠印社卢心东。

乔中石

长二点三厘米　宽二点三厘米　高三点七厘米

印文

胸怀天下

边款

中国共产党百年奋斗的历史经验。癸卯西泠印社乔中石。

姚建杭

长二点五厘米　宽二点五厘米　高六点八厘米

印文

开拓创新

边款

中国共产党百年奋斗的历史经验。癸卯西泠印社姚建杭刻。

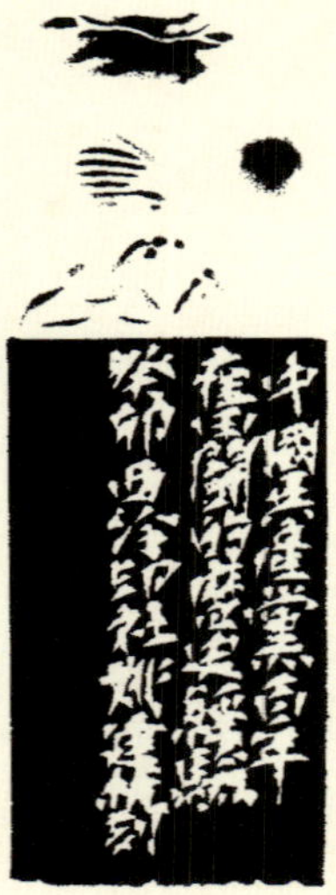

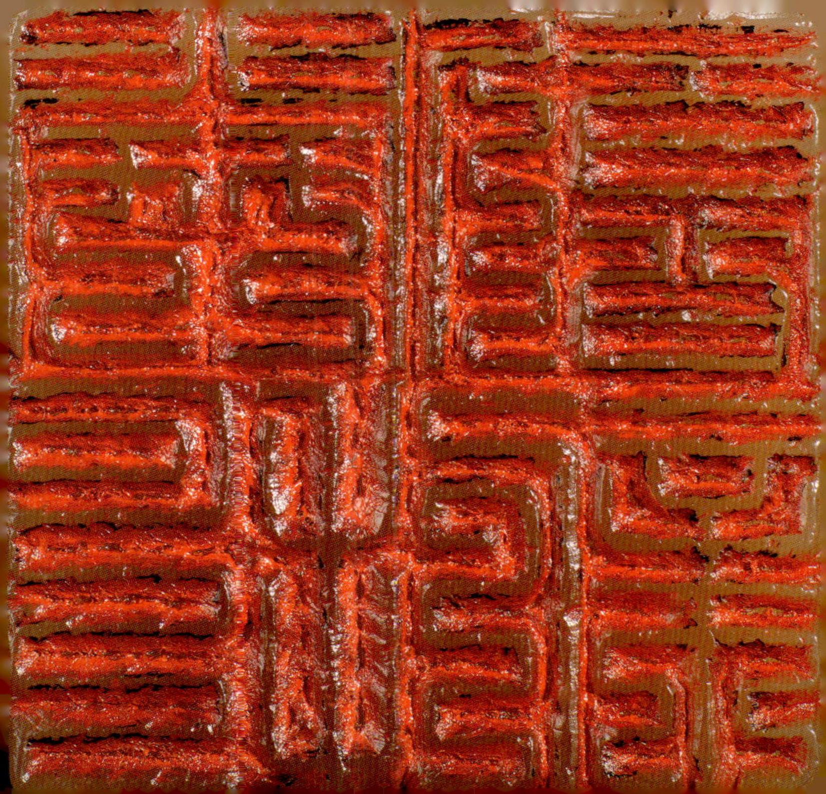

袁慧敏

长二点八厘米　宽二点八厘米　高五点九厘米

印文

敢于斗争

边款

中国共产党百年奋斗的历史经验。癸卯西泠印社袁慧敏刻。

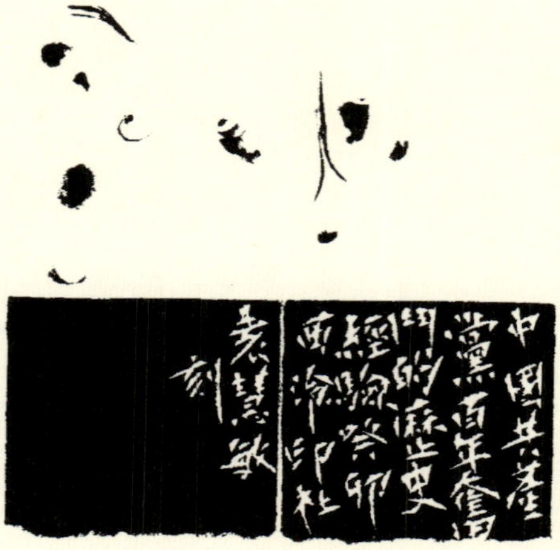

周建国

长二点三厘米 宽二点二厘米 高六点五厘米

印文

统一战线

边款

中国共产党百年奋斗之历史经验。癸卯西泠印社社员周東谷刻。

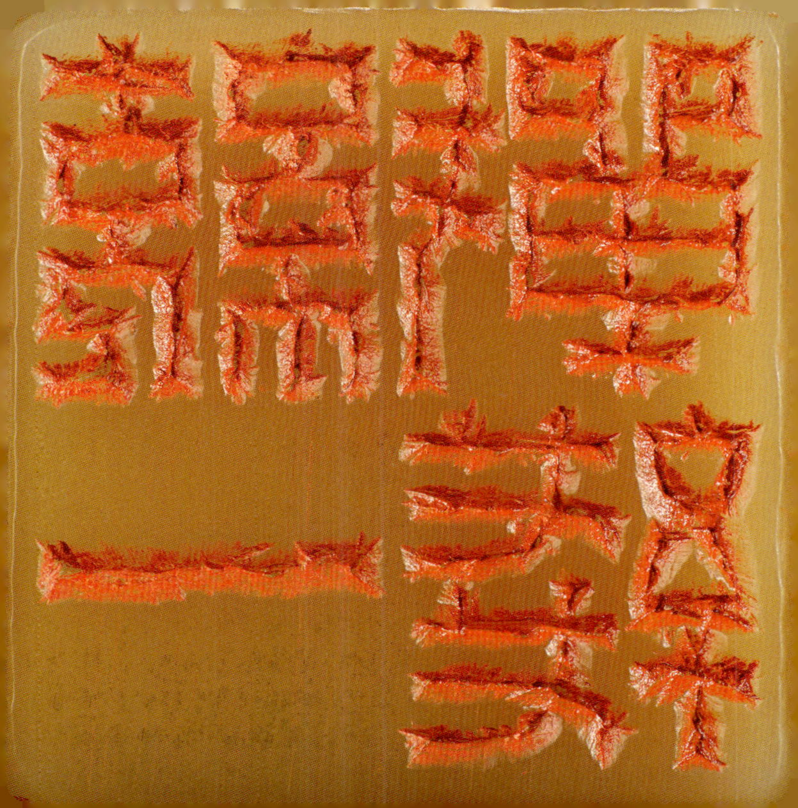

袁建初

长三点五厘米　宽三点六厘米　高四点八厘米

印文

自我革命

边款

中国共产党百年奋斗的历史经验。癸卯西泠印社袁建初刻。

杨祖柏

长三点九厘米　宽四厘米　高十二厘米

印文

伟大建党精神

边款

坚持真理、坚守理想，践行初心、担当使命，不怕牺牲、英勇斗争，对党忠诚、不负人民。

癸卯西泠印社杨祖柏刻。

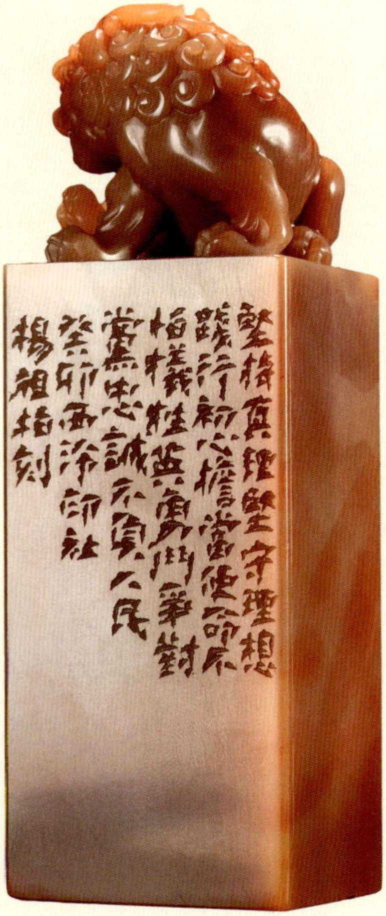

官明

长四点二厘米 宽二点八厘米 高三点二厘米

印文

井冈山精神

边款

井冈山精神。癸卯西泠印社官明刻。

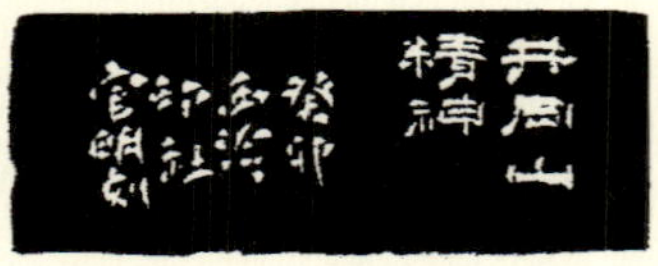

柳晓康

长二点四厘米　宽二点三厘米　高八点四厘米

印文

苏区精神

边款

苏区精神。癸卯西泠印社柳晓康。

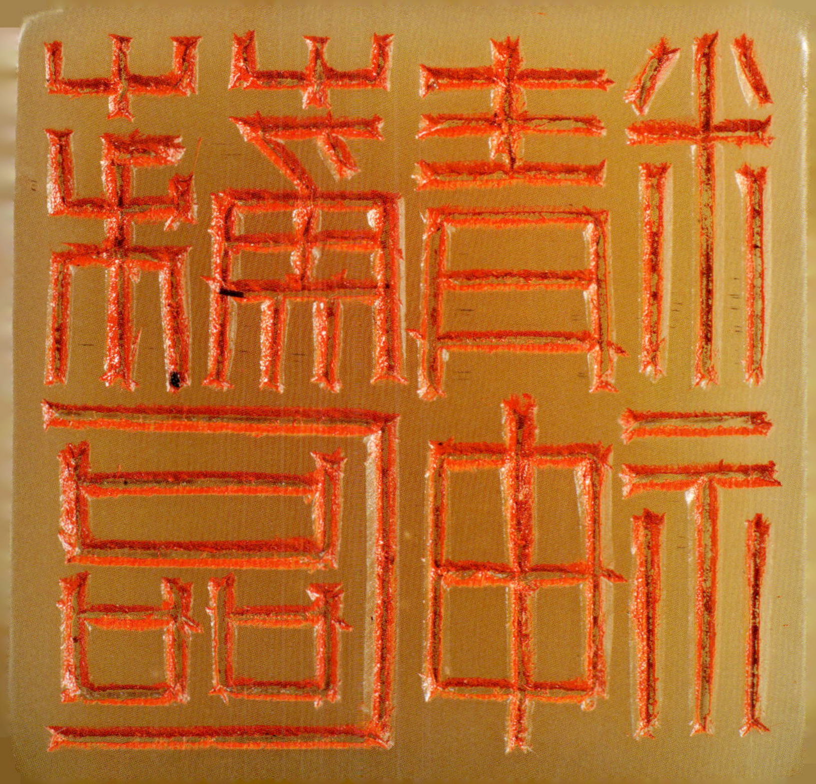

钮利刚

长二点八厘米　宽二点八厘米　高五厘米

印文

长征精神

边款

长征精神。癸卯西泠印社钮利刚刻。

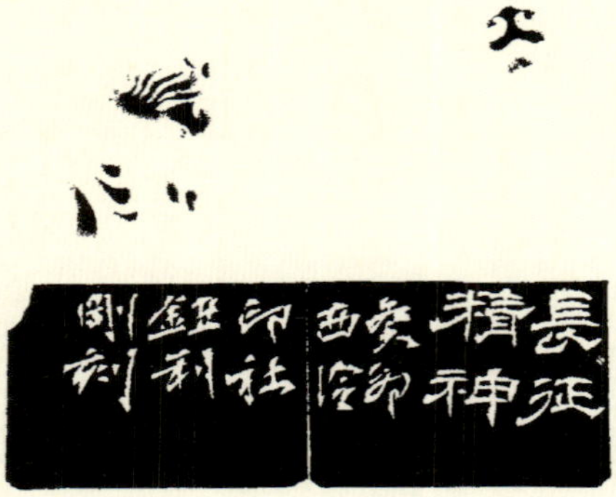

陈峰

长三厘米　宽三厘米　高七点七厘米

印文

遵义会议精神

边款

遵义会议精神。西泠印社陈峰刻。

沈颖丽

长三点二厘米　宽一点九厘米　高七厘米

印文

延安精神

边款

延安精神。癸卯西泠印社沈颖丽刻。

钱路

长二点五厘米　宽二点五厘米　高九厘米

印文

抗战精神

边款

抗战精神。癸卯西泠印社钱路刻。

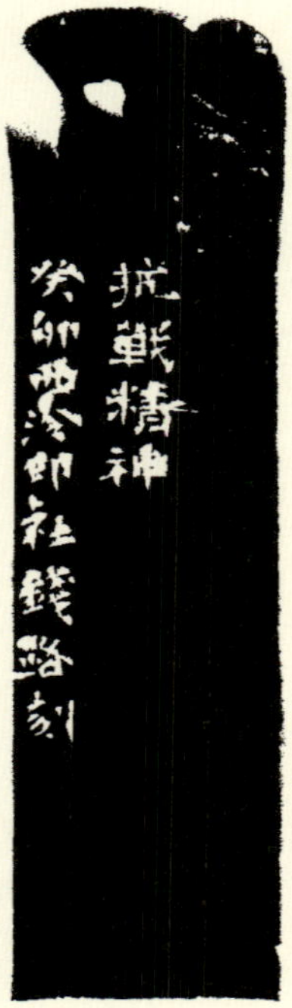

吕金柱

长二点六厘米　宽二点六厘米　高六点五厘米

印文

红岩精神

边款

红岩精神。癸卯西泠印社吕金注刻。

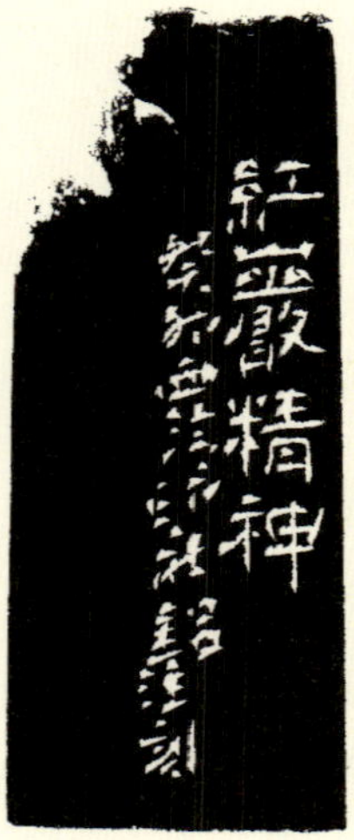

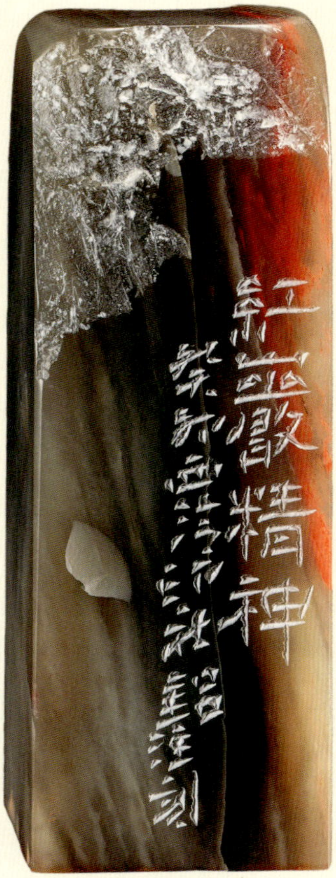

朱恒吉

长二点八厘米　宽二点六厘米　高七点六厘米

印文　西柏坡精神

边款　西柏坡精神。癸卯西泠印社中人朱恒吉刻。

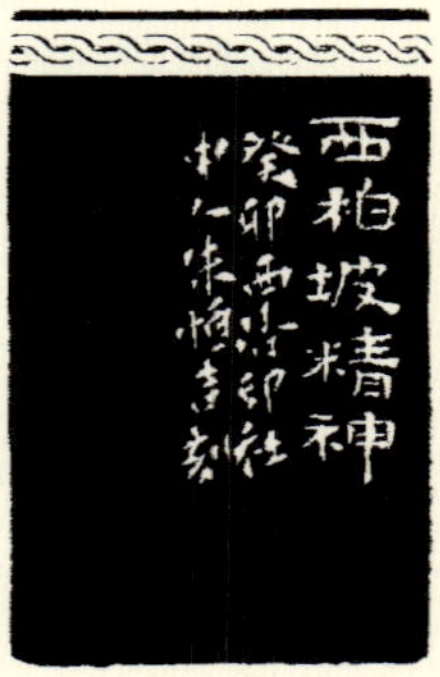

潘敏钟

长三点四厘米　宽三点四厘米　高二点八厘米

印文

照金精神

边款

照金精神。癸卯西泠印社潘敏钟刻。

刘永清

长四厘米　宽三点三厘米　高三点六厘米

印文

东北抗联精神

边款

东北抗联精神。癸卯西泠印社永清刻印。

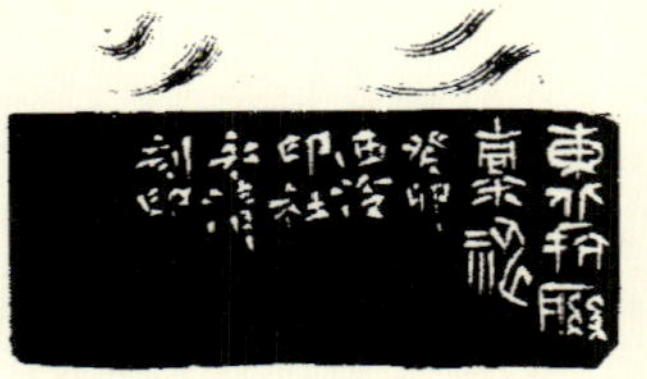

汪黎特

长三点二厘米　宽二点五厘米　高八点八厘米

印文　南泥湾精神

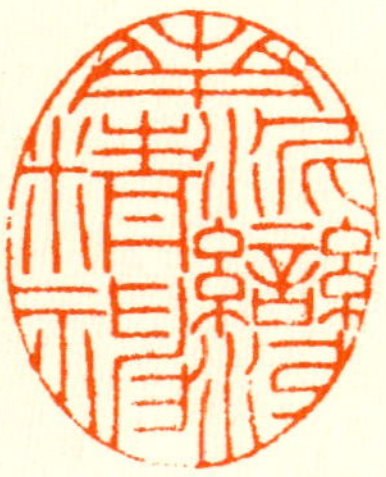

边款　癸卯西泠印社汪黎特刻。

尚天潇

长三点一厘米　宽二点八厘米　高六点二厘米

印文

太行精神

边款

太行精神、吕梁精神是我们党宝贵的精神财富。癸卯西泠尚天潇刻。

逯国平

长三点三厘米　宽三点二厘米　高四点九厘米

印文　大别山精神

边款　大别山精神。癸卯西泠印社逯国平刻。

戴文

长二点三厘米　宽二点四厘米　高六点四厘米

印文

沂蒙精神

边款

沂蒙精神。癸卯西泠印社戴文刻。

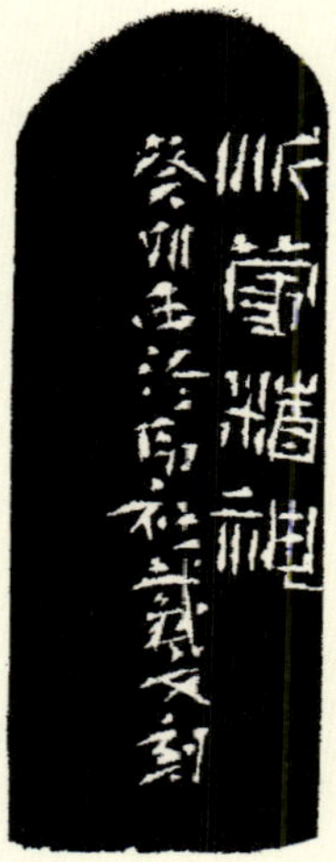

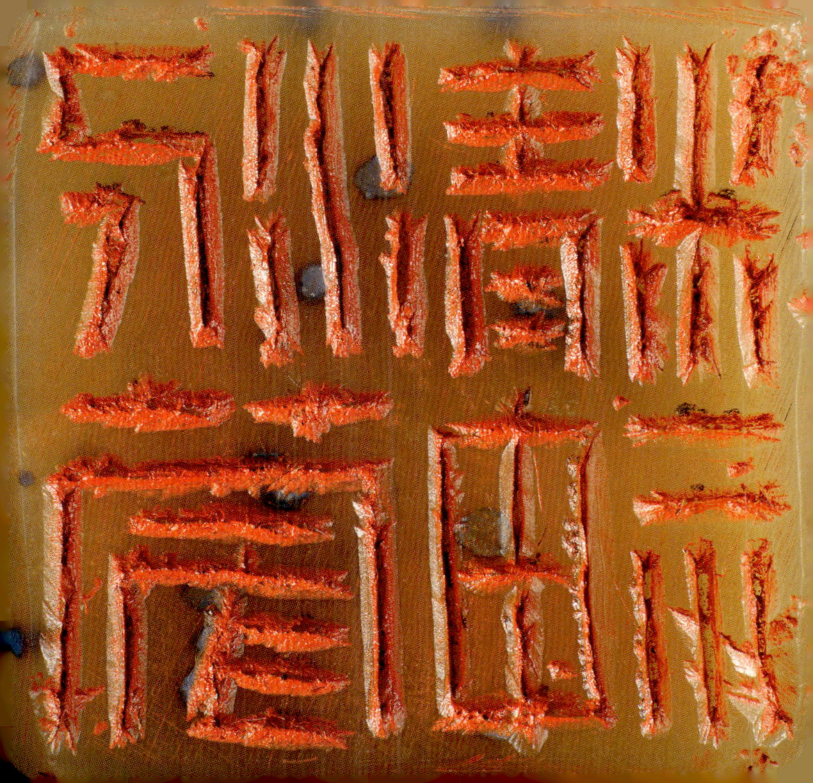

罗光磊

长二点七厘米　宽二点七厘米　高五点二厘米

印文

老区精神

边款

癸卯夏西泠印社罗光磊刻。

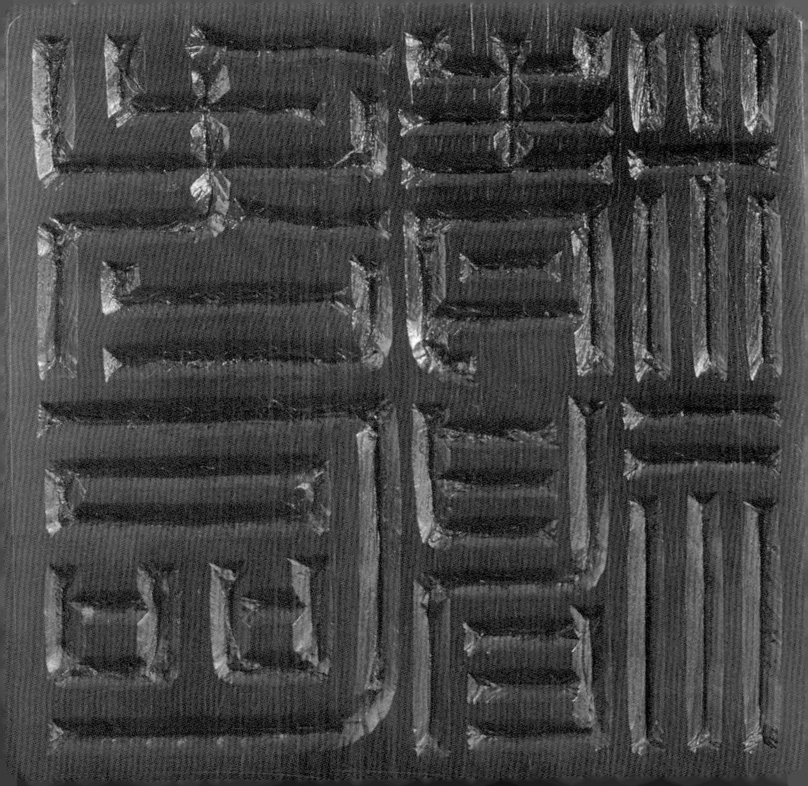

孙向群

长三点五厘米 宽三点五厘米 高七点五厘米

印文

张思德精神

边款

癸卯西泠印社孙向群刻。

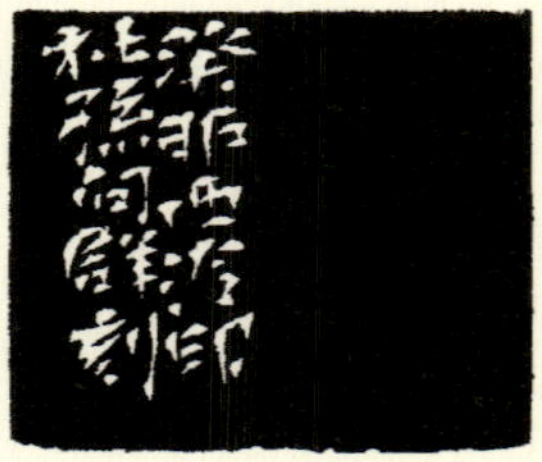

金良良

长三厘米　宽三点一厘米　高八点二厘米

印文

抗美援朝精神

边款

抗美援朝精神。癸卯西泠印社金良良刻。

沈继良

长四厘米　宽四厘米　高九厘米

印文　两弹一星精神

边款　热爱祖国、无私奉献，自力更生、艰苦奋斗，大力协同、勇于登攀。癸卯夏日西泠沈继良刻。

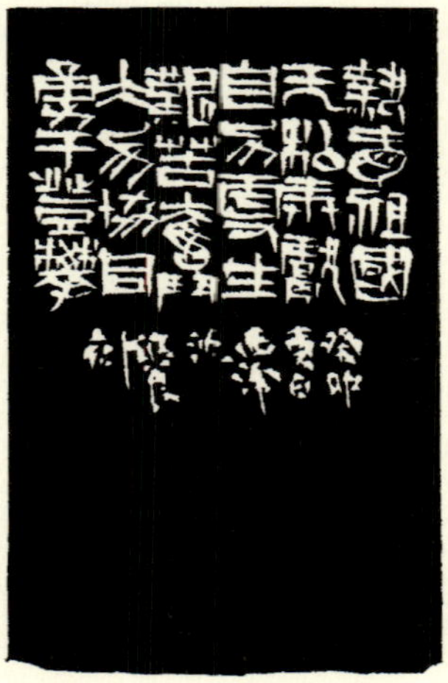

蒋瑾琦

长四厘米　宽一点五厘米　高四点六厘米

印文

雷锋精神

边款

癸卯西泠印社天雷刻石。

何国门

长二点六厘米　宽二点六厘米　高五点七厘米

印文

焦裕禄精神

边款

焦裕禄精神。癸卯西泠印社何国门刻。

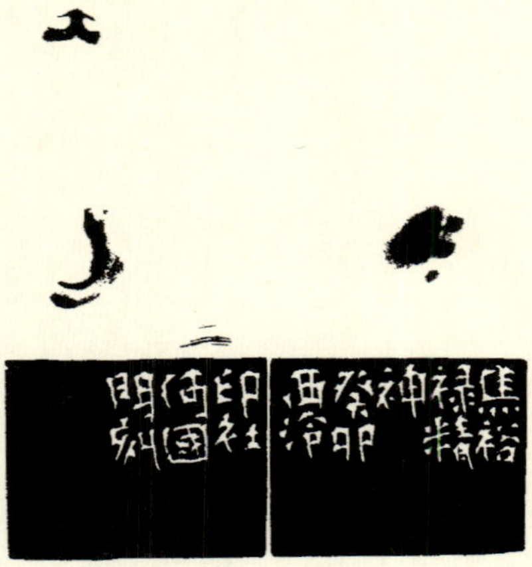

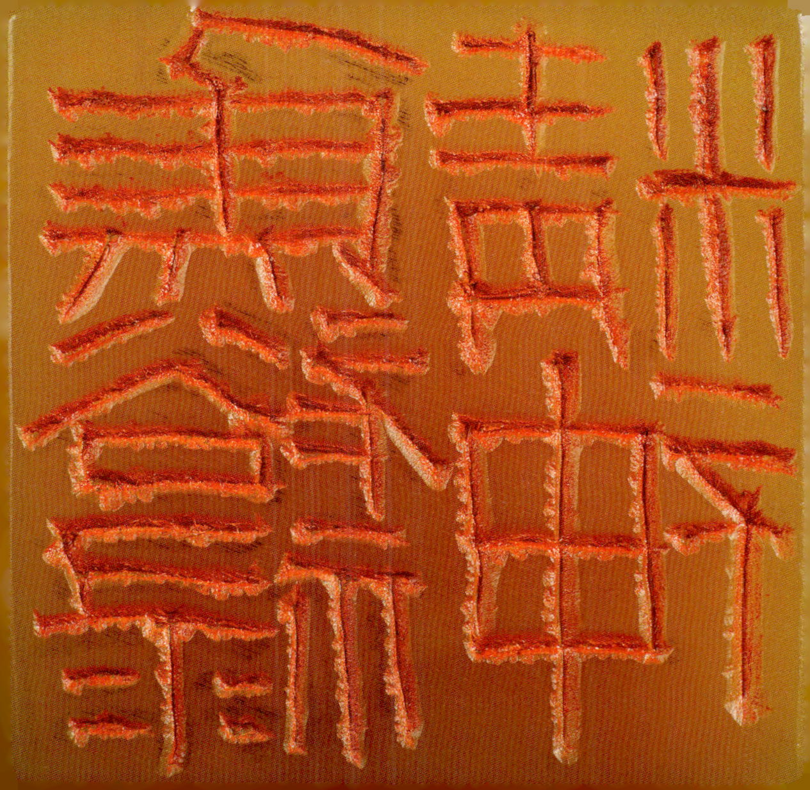

叶林心

长二点七厘米　宽二点三厘米　高六点三厘米

印文

大庆精神

边款

大庆精神。宁肯少活二十年，拼命也要拿下大油田。癸卯西泠印社林心刻。

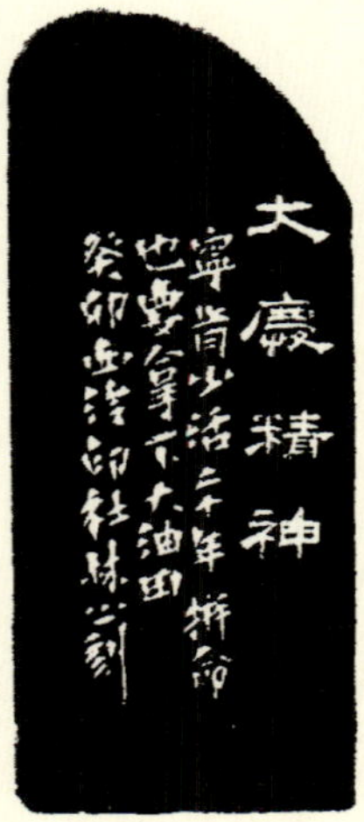

闫大海

长三点二厘米　宽三点二厘米　高三点八厘米

印文

红旗渠精神

边款

红旗渠精神。癸卯阳春三月于养正楼南窗灯下，西泠印社闫大海刊石。

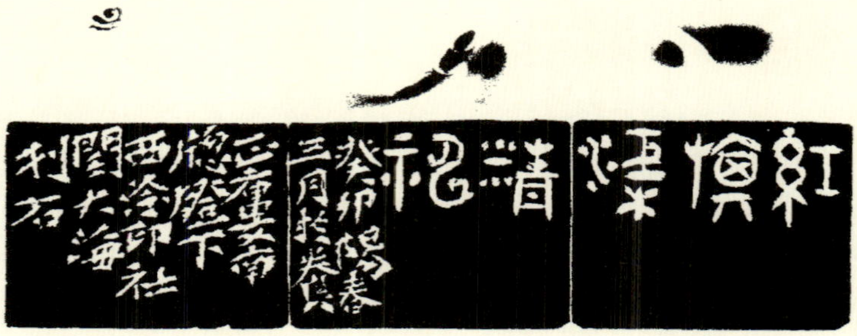

蔡树农

长二点五厘米　宽二点六厘米　高七厘米

印文

北大荒精神

边款

北大荒精神。西泠印社蔡树农刻。

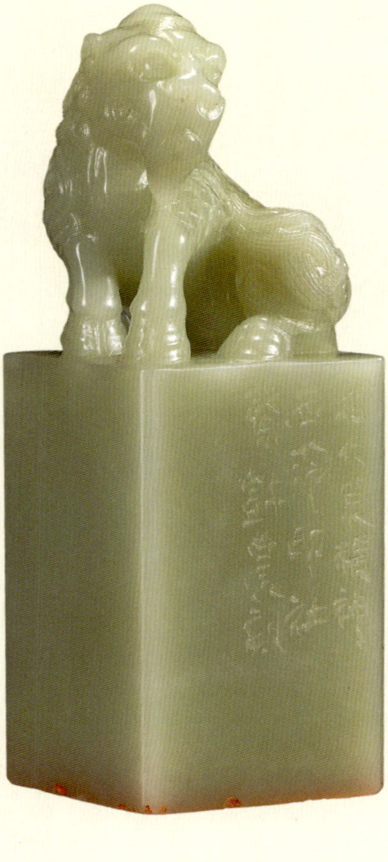

徐庆华

长二点八厘米　宽二点五厘米　高三点五厘米

印文

塞罕坝精神

边款

塞罕坝精神。癸卯西泠印社徐庆华刻。

沈鼎雍

长三点二厘米　宽三点二厘米　高四厘米

印文

两路精神

边款

『两路』精神。癸卯西泠印社沈鼎雍刻。

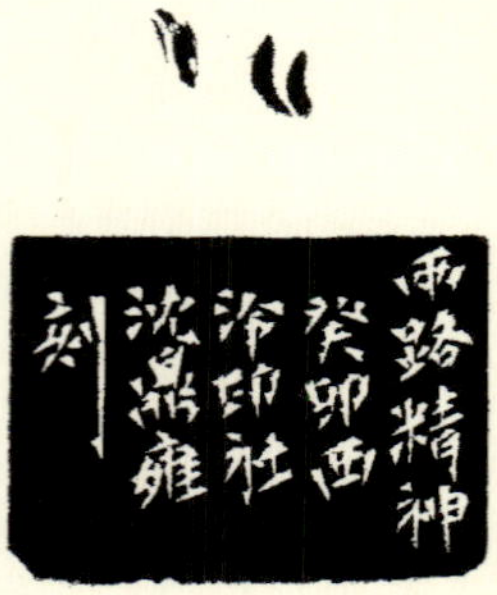

邵晨

长三点三厘米　宽三点四厘米　高十一点五厘米

印文

老西藏精神

边款

最稀缺的是氧气，最宝贵的是精神。孔繁森精神是中国共产党革命精神在新时期的表现，是老西藏精神在新时期的继承与发展。岁在癸卯暮春，西泠印社邵晨刻。

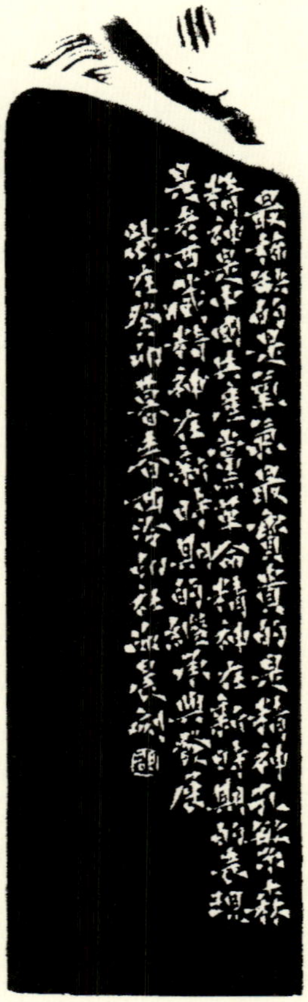

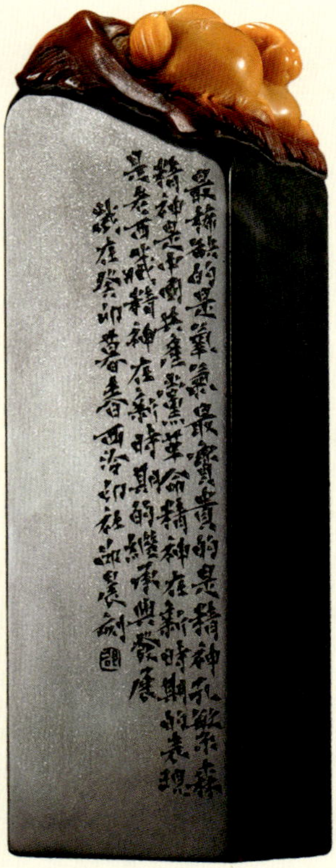

吴承斌

长三厘米　宽三点一厘米　高四点六厘米

印文

西迁精神

边款

西迁精神。癸卯西泠印社中人吴承斌刻。

何连海

长三点九厘米　宽三点九厘米　高四点五厘米

印文　王杰精神

边款　王杰精神。癸卯西泠印社何连海刻。

曹祐福

长二点六厘米 宽二点六厘米 高五点六厘米

印文

改革开放精神

边款

改革开放精神。癸卯西泠印社曹祐福刻。

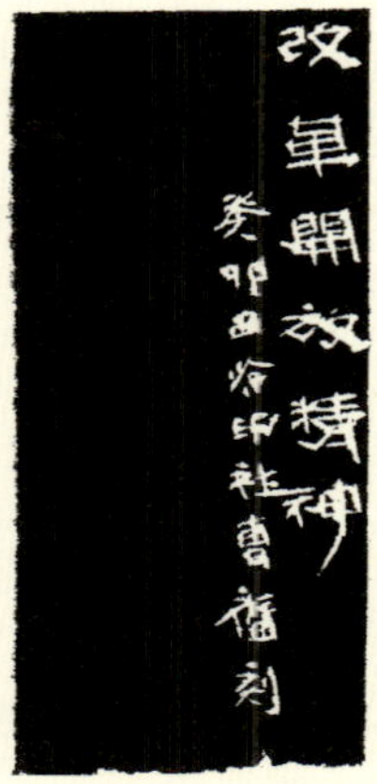

张公者

长三点五厘米　宽三点五厘米　高六点五厘米

印文　特区精神

边款　特区精神。癸卯西泠印社张公者刻。

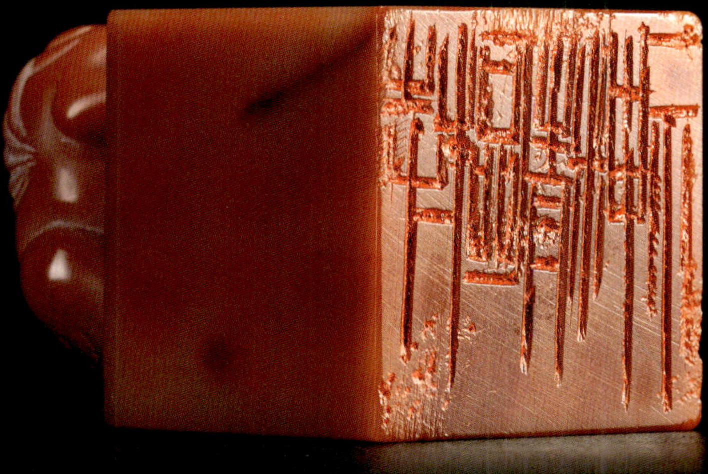

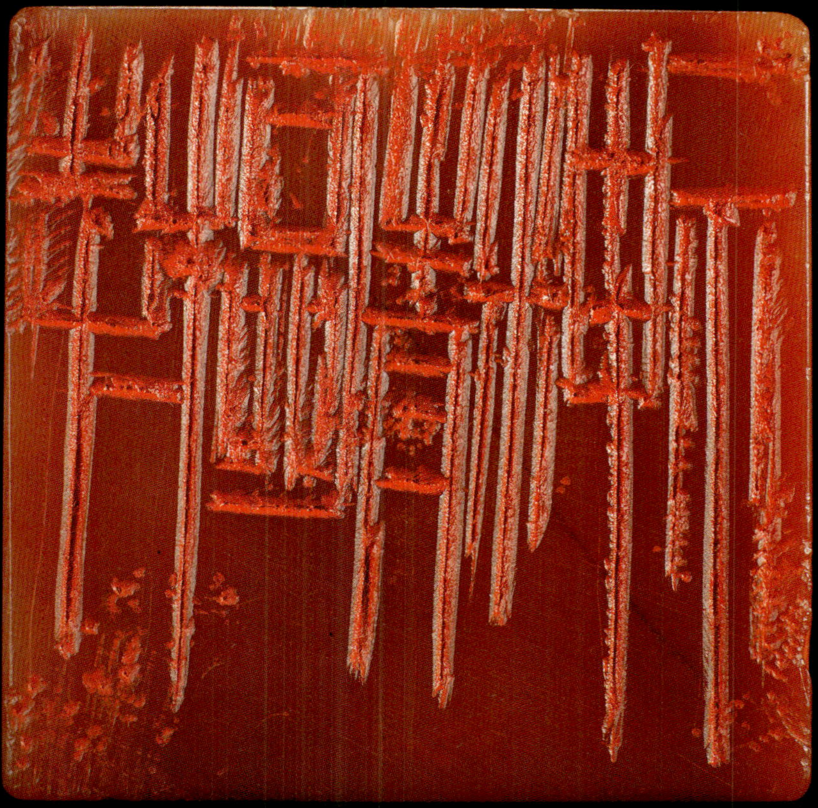

矫健

长三点六厘米　宽二点五厘米　高四点九厘米

印文　抗洪精神

边款　万众一心、众志成城，不怕困难、顽强拼搏，坚韧不拔、敢于胜利。癸卯西泠印社矫健刻。

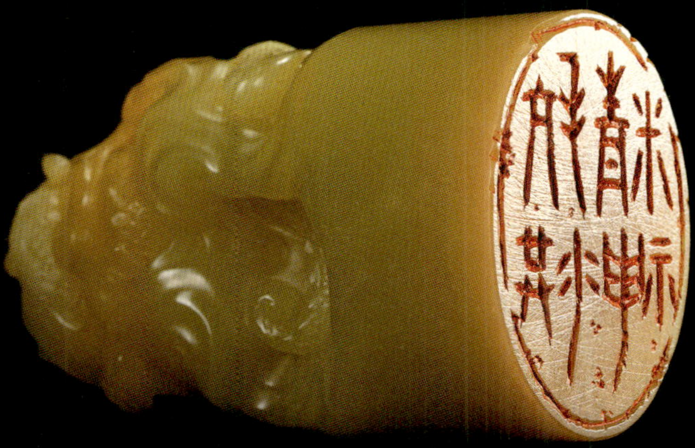

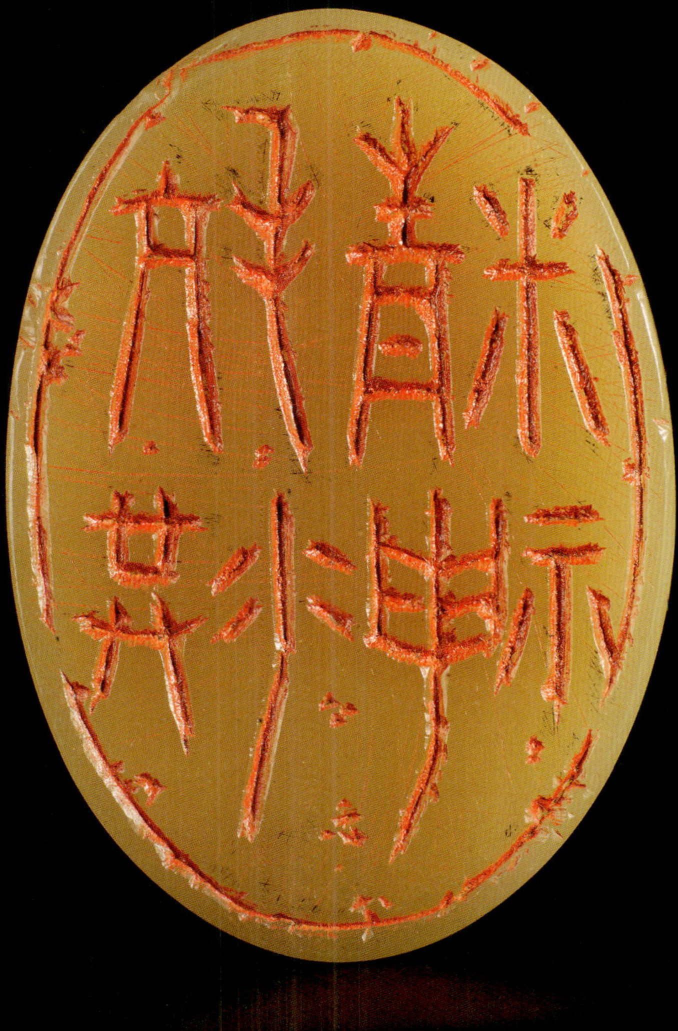

管凌

长三点一厘米　宽三点一厘米　高五点五厘米

印文

抗击非典精神

边款

抗击『非典』精神。癸卯西泠印社管凌刻。

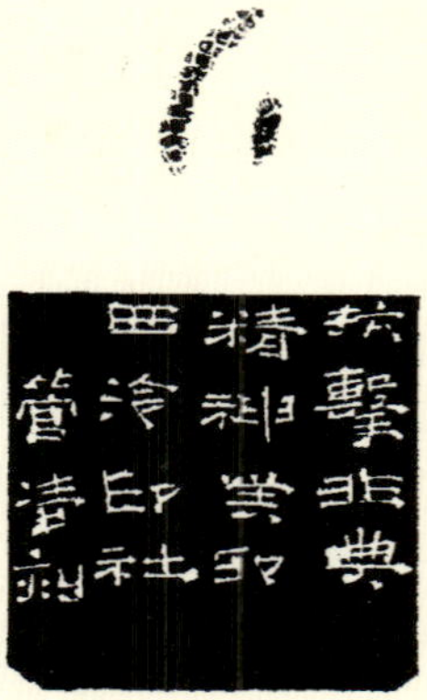

陈靖

长二点六厘米　宽二厘米　高七点四厘米

印文

抗震救灾精神

边款

抗震救灾精神。癸卯西泠印社陈靖刊。

戴武

长四厘米　宽三点九厘米　高四点八厘米

印文

载人航天精神

边款

载人航天精神。癸卯西泠印社戴武刻。

杨剑

长三厘米　宽三厘米　高七点八厘米

印文

劳模精神

边款

社会主义是干出来的，新时代是奋斗出来的。癸卯西泠印社杨剑刻。

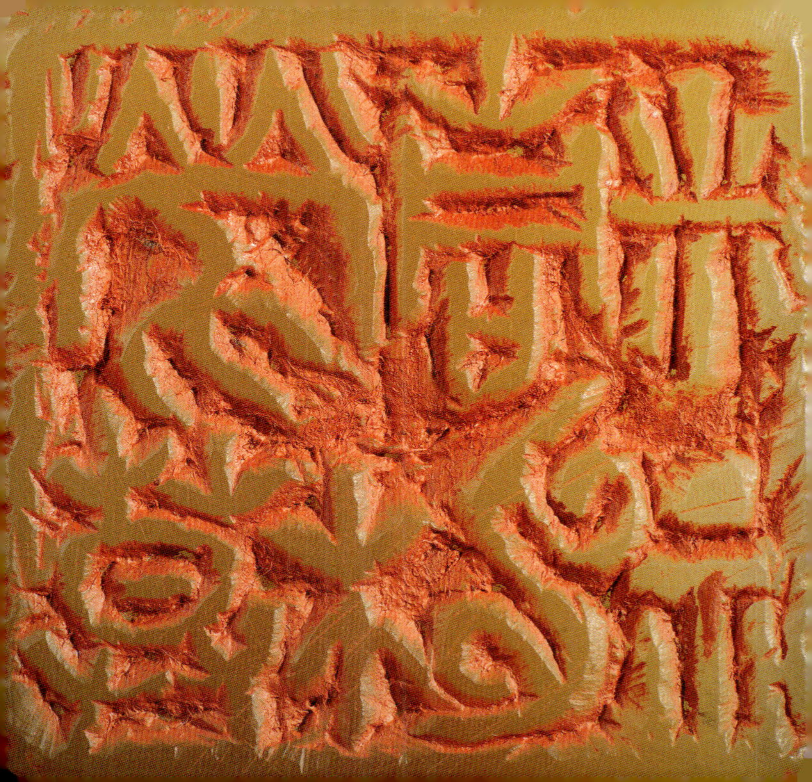

王瑞

长三厘米　宽三点一厘米　高八点三厘米

印文

青藏铁路精神

边款

青藏铁路精神。癸卯西泠印社王瑞。

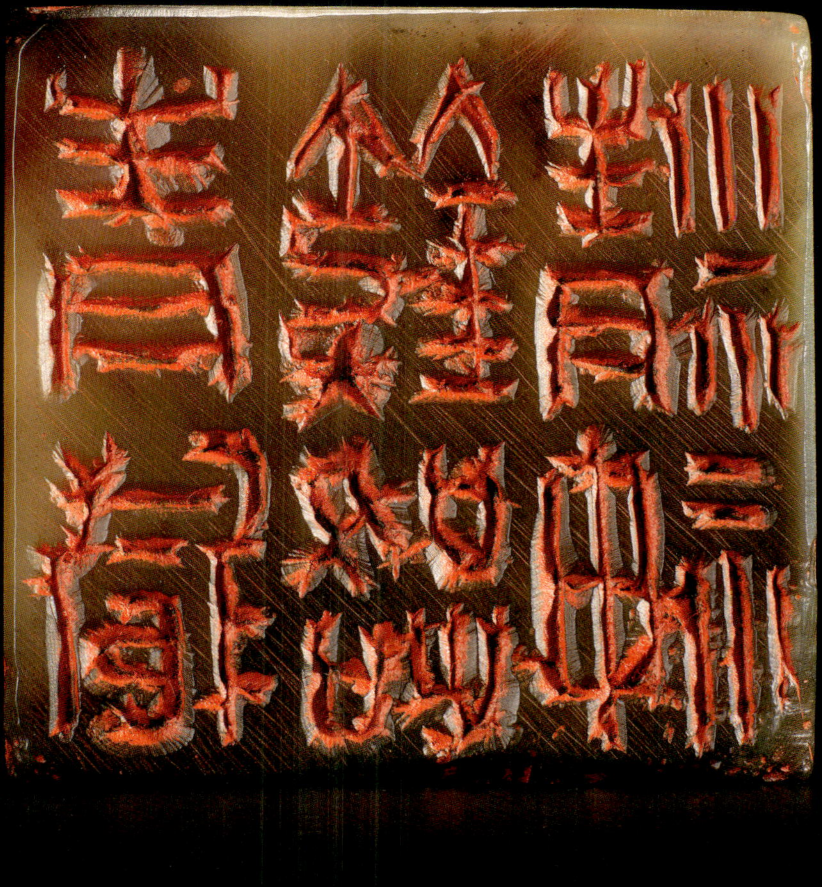

叶青峰

长三点五厘米　宽三点六厘米　高七厘米

印文　女排精神

边款　女排精神。癸卯西泠印社叶青峰刻。

之一

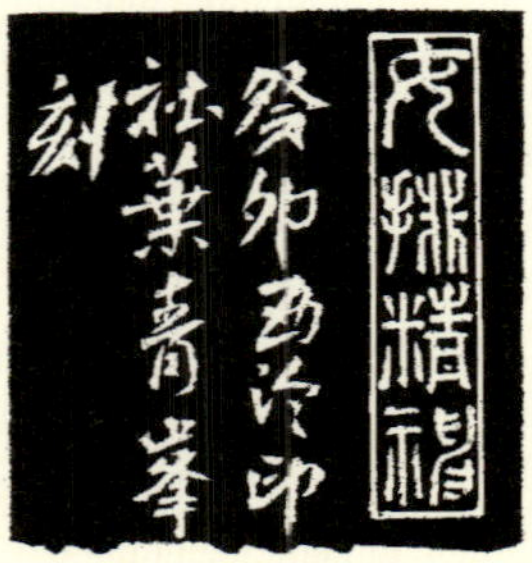

郑志群

长二点六厘米 宽二点六厘米 高七点八厘米

印文

脱贫攻坚精神

边款

上下同心、尽锐出战、精准务实、开拓创新、攻坚克难、不负人民。癸卯西泠印社郑志群刻。

汤忠辉

长二点五厘米　宽二点五厘米　高四点六厘米

印文

抗疫精神

边款

抗疫精神。癸卯西泠印社汤忠辉刻。

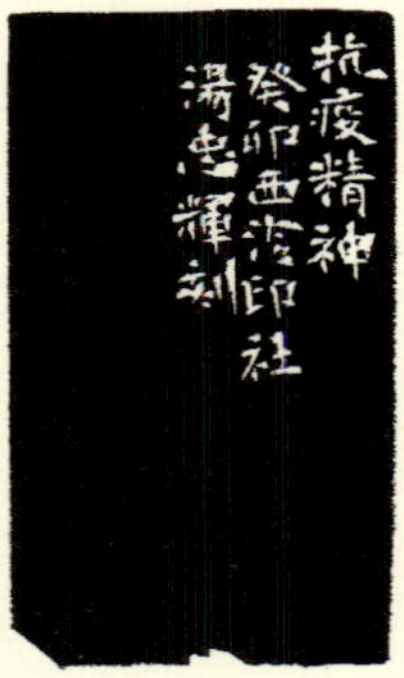

岐岖

印文

三牛精神

边款

『三牛』精神。为民服务孺子牛、创新发展拓荒牛、艰苦奋斗老黄牛。癸卯西泠印社岐岖。

长二点七厘米　宽二点八厘米　高十点六厘米

王道义

长二点五厘米　宽二点五厘米　高五点三厘米

印文

科学家精神

边款

科学家精神。癸卯春西泠印社中人王道义刊石。

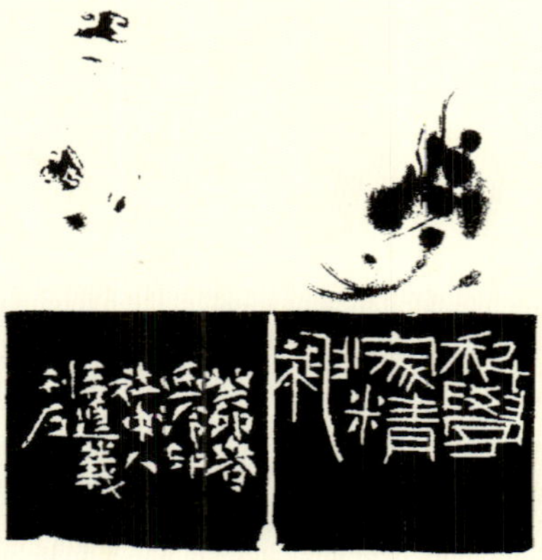

薛虎峻

长四点六厘米　宽一点一厘米　高五点二厘米

印文

企业家精神

边款

企业家精神。癸卯西泠印社虎峻刊。

郑朝阳

长三点二厘米　宽一点八厘米　高四点九厘米

印文

探月精神

边款

探月精神。癸卯西泠印社郑朝阳。

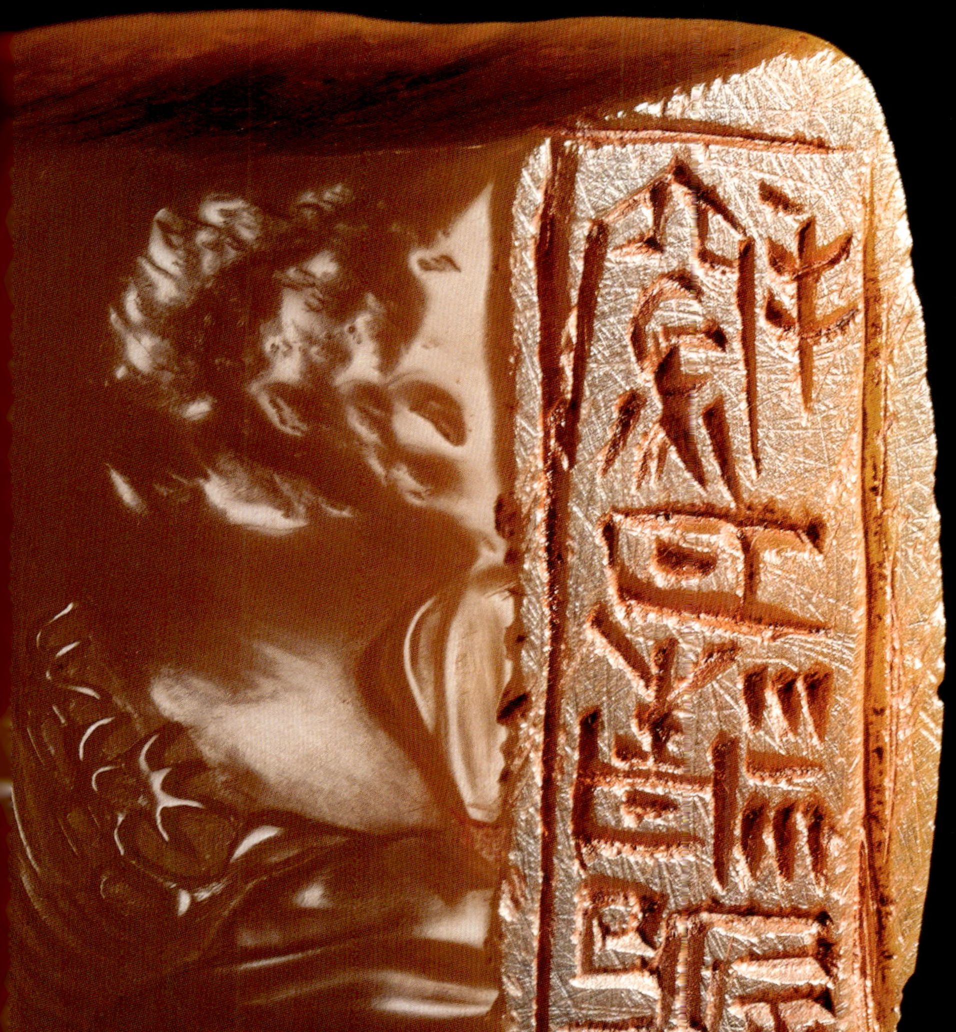

姚伟荣

长三厘米　宽二点五厘米　高六点一厘米

印文

新时代北斗精神

边款

新时代北斗精神。西泠印社伟荣刊。

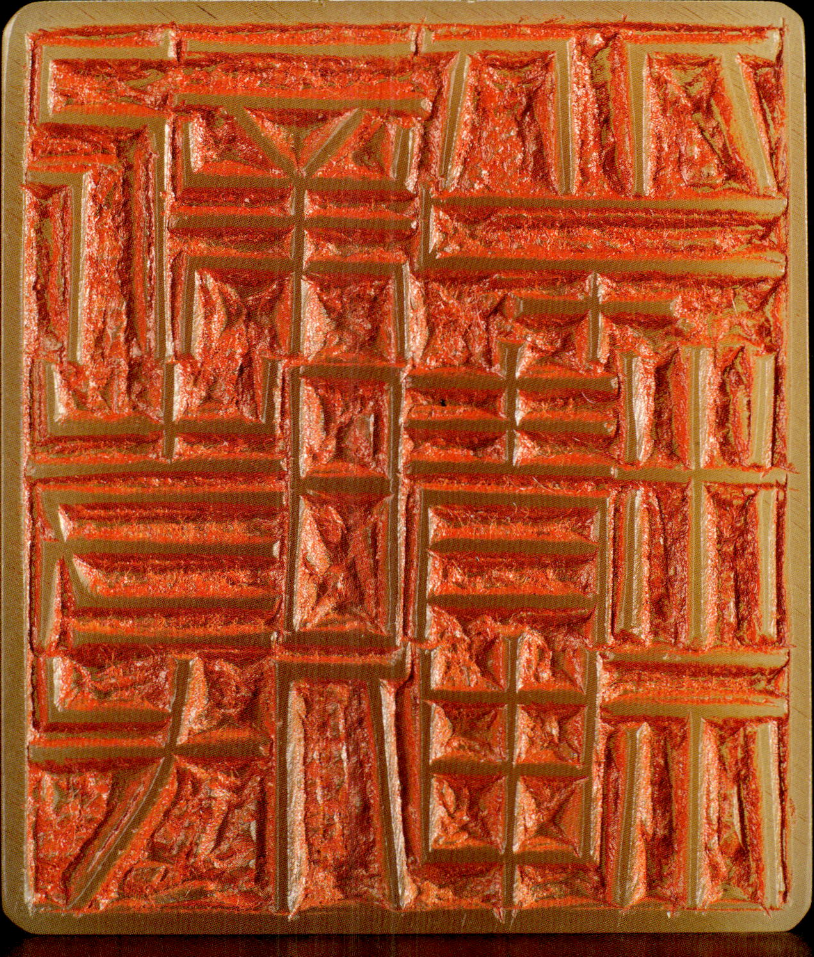

张呈君

长五点二厘米　宽二点九厘米　高三点七厘米

印文

丝路精神

边款

丝路精神。西泠印社呈君刻。

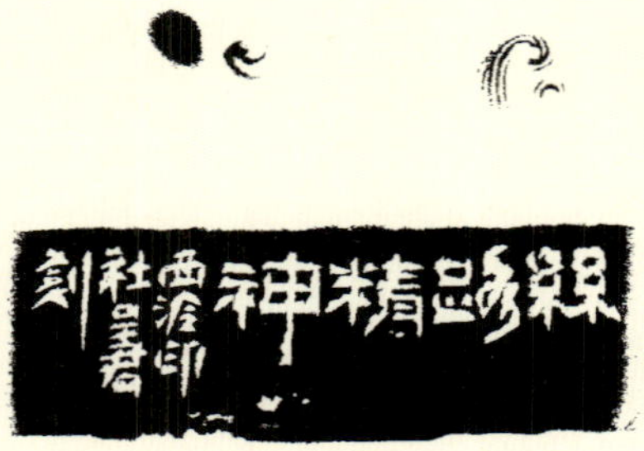

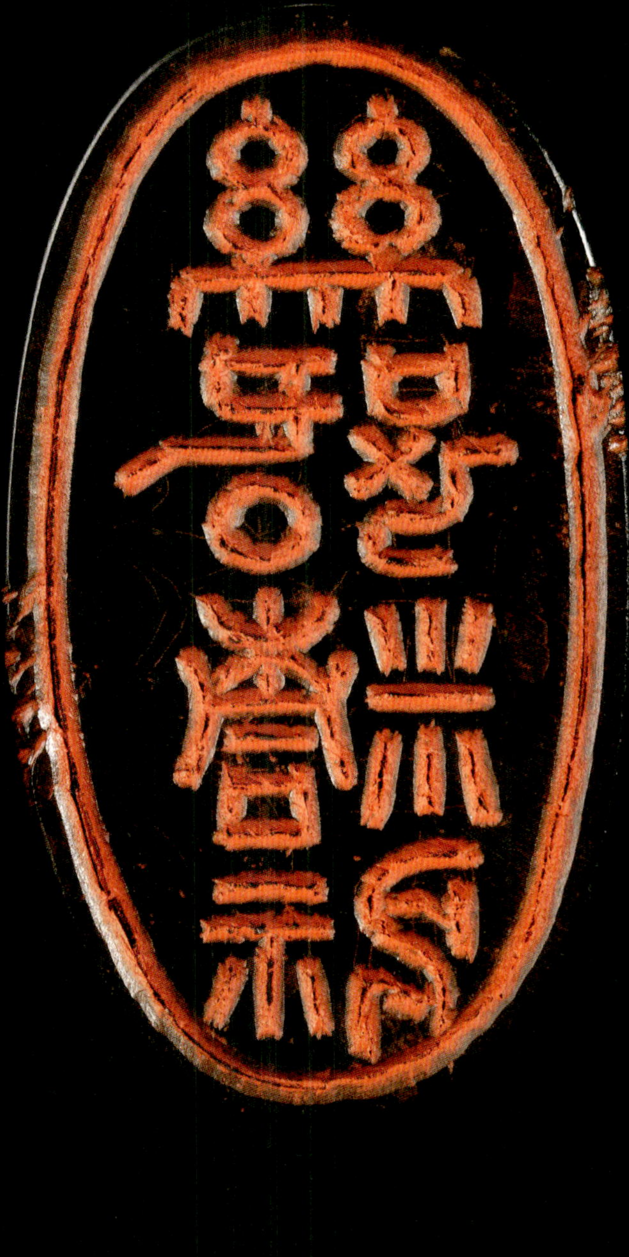

王客

长五点八厘米　宽二点八厘米　高五点三厘米

印文

不忘初心牢记使命

边款

不忘初心、牢记使命。癸卯西泠印社王客刻。

李昊

长四厘米　宽四厘米　高四点二厘米

印文

谦虚谨慎艰苦奋斗

边款

谦虚谨慎，艰苦奋斗。癸卯春西泠印人乐天于沪上。

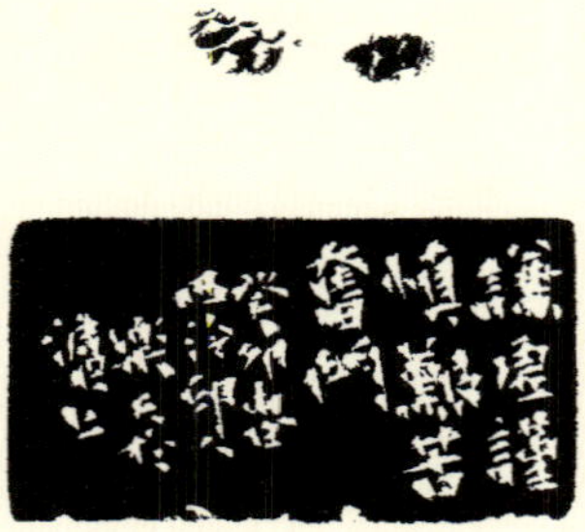

孙长铭

长三点九厘米　宽三点二厘米　高二点六厘米

印文

敢于斗争善于斗争

边款

敢于斗争，善于斗争。癸卯春西泠印社孙长铭刻。

吴贤军

长三点三厘米　宽三点三厘米　高九点七厘米

印文

两个结合

边款

坚持和发展马克思主义，必须做到同中国具体实际相结合，同中华优秀传统文化相结合。

岁次癸卯三月初十，西泠印社中人吴贤军刻于长沙。

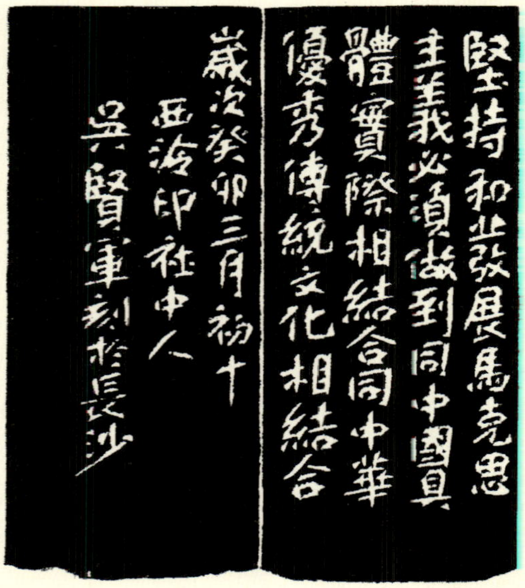

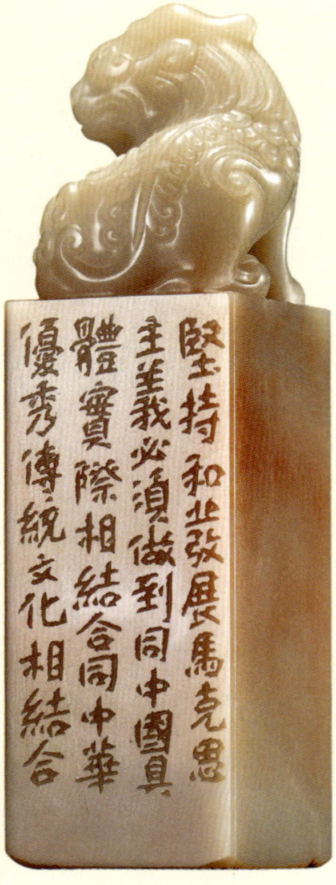

魏晓伟

长三点四厘米　宽三点四厘米　高三点六厘米

印文

必须坚持人民至上

边款

必须坚持人民至上。癸卯西泠印社中人魏晓伟刻石。

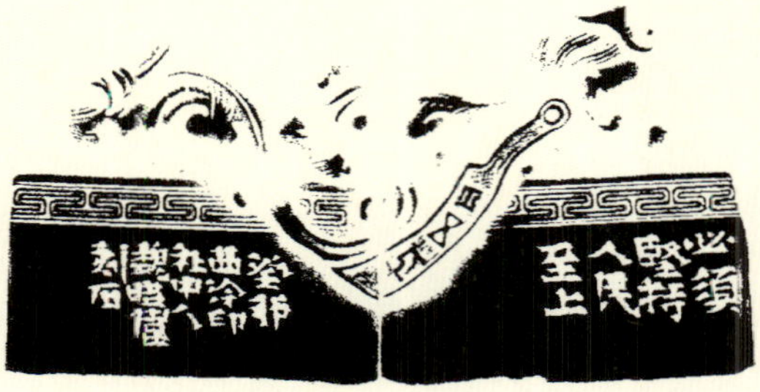

莫恩来

长三点六厘米　宽三点六厘米　高六点四厘米

印文

必须坚持自信自立

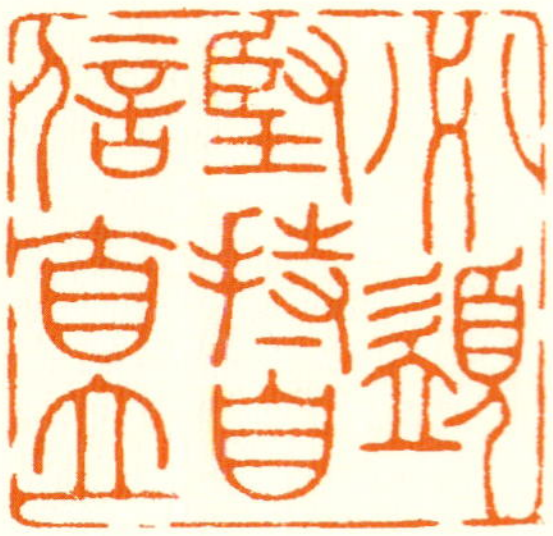

边款

必须坚持自信自立。癸卯三月西泠印社莫恩来作于仰山学堂。

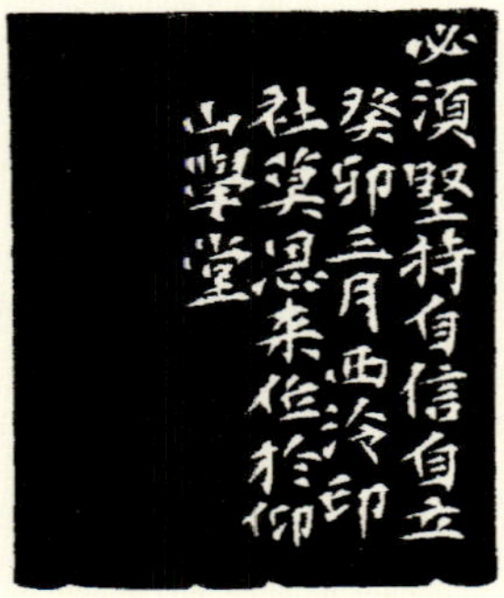

杜延平

长三点五厘米　宽三点五厘米　高六点四厘米

印文

必须坚持守正创新

边款

必须坚持守正创新。癸卯三月西泠印社杜延平刻。

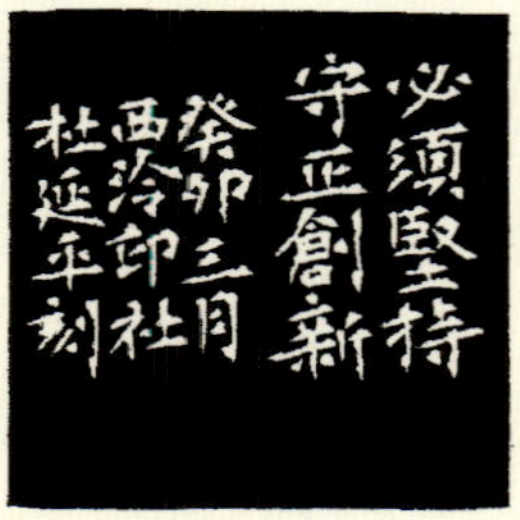
必須堅持
守正創新
癸卯三月
西泠印社
杜延平刻

陈华

长三点二厘米　宽三点二厘米　高六点三厘米

印文

必须坚持问题导向

边款

必须坚持问题导向。癸卯西泠印社陈华刊石。

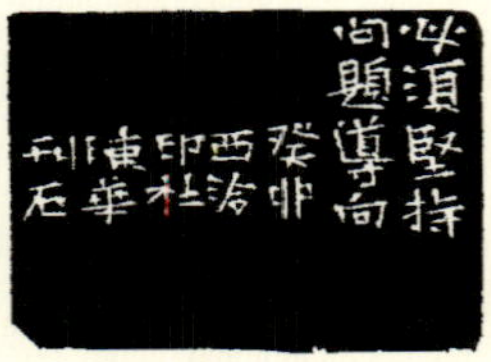

张哲

长二点九厘米　宽二点九厘米　高六点六厘米

印文　必须坚持系统观念

边款　必须坚持系统观念。癸卯西泠印社张哲刻石。

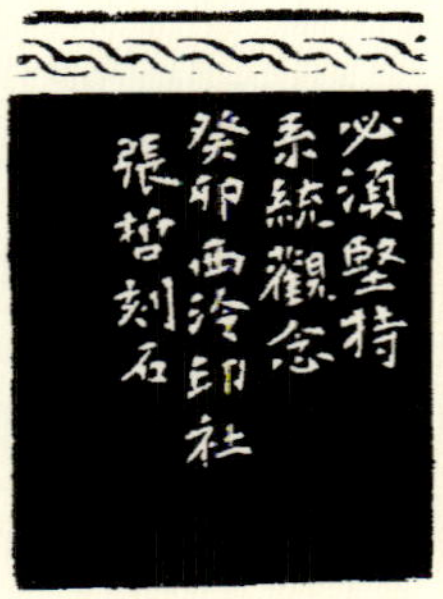
必須堅持
系統觀念
癸卯西泠印社
張哲刻石

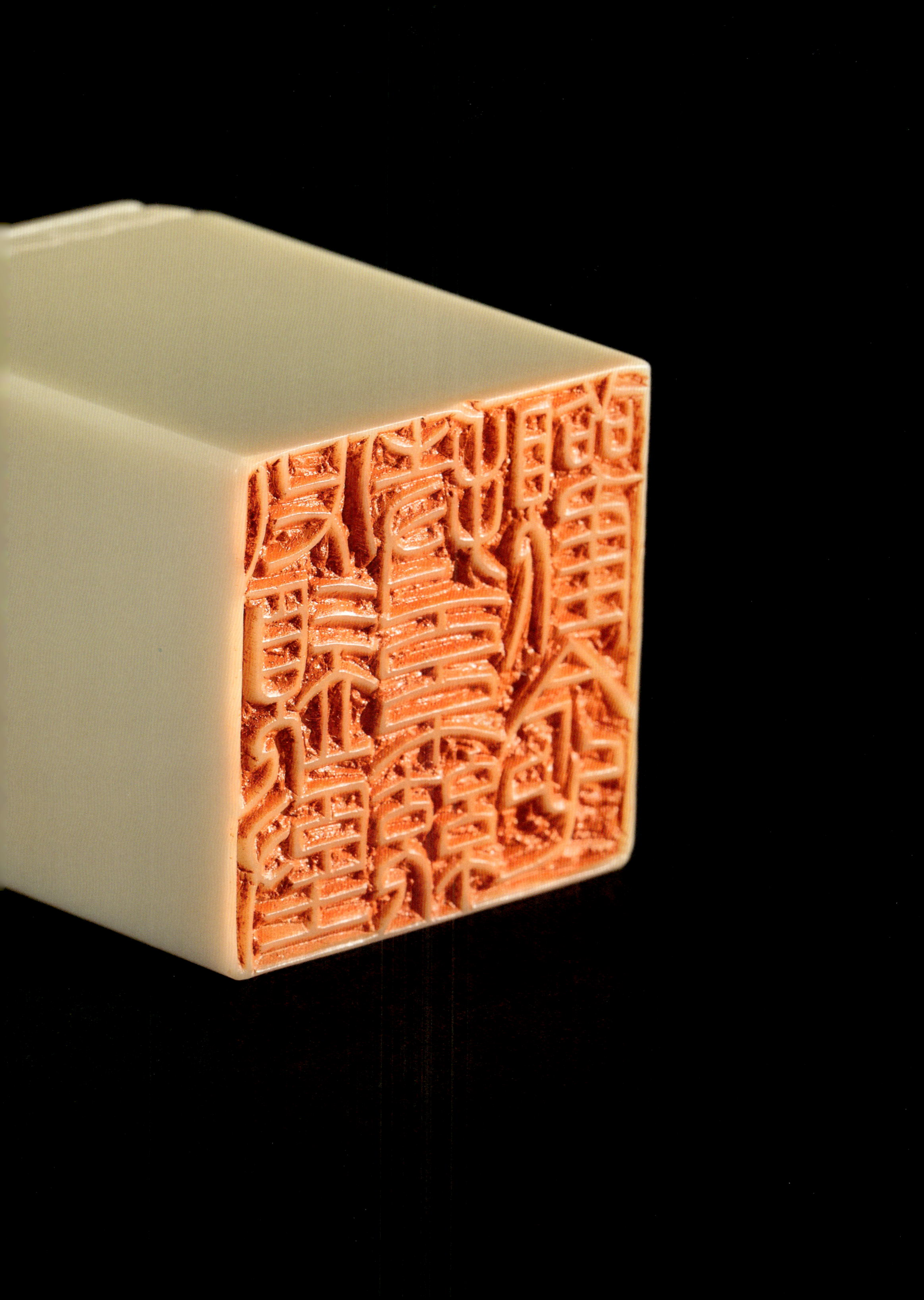

李莹波

长三厘米　宽二点九厘米　高六点九厘米

印文

必须坚持胸怀天下

边款

必须坚持胸怀天下。癸卯西泠印社李莹波刻。

张威

长三点五厘米　宽三点五厘米　高八点一厘米

印文

坚持中国共产党领导

边款

坚持中国共产党领导。此印取汉人法，癸卯春月西泠印社张威。

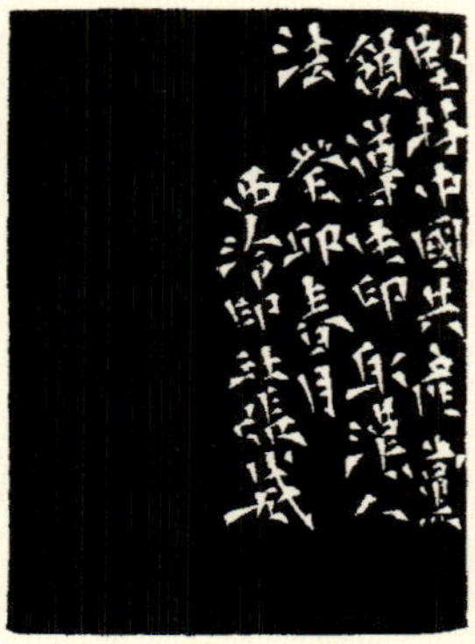

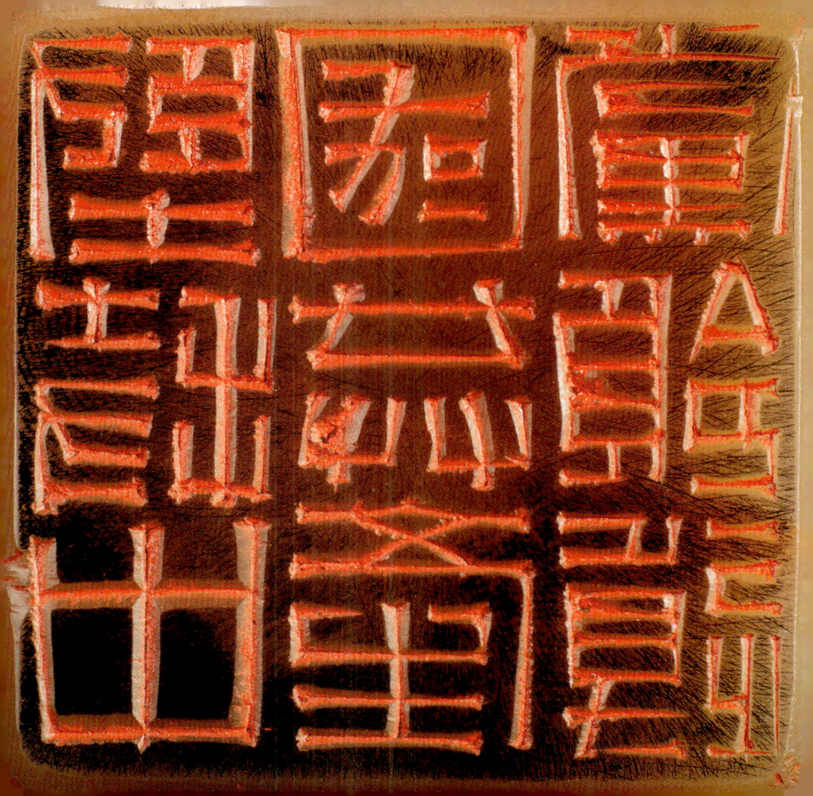

李智野

长三点四厘米　宽三点三厘米　高六厘米

印文　坚持中国特色社会主义

边款　坚持中国特色社会主义。癸卯春西泠印社中人老砚刻。

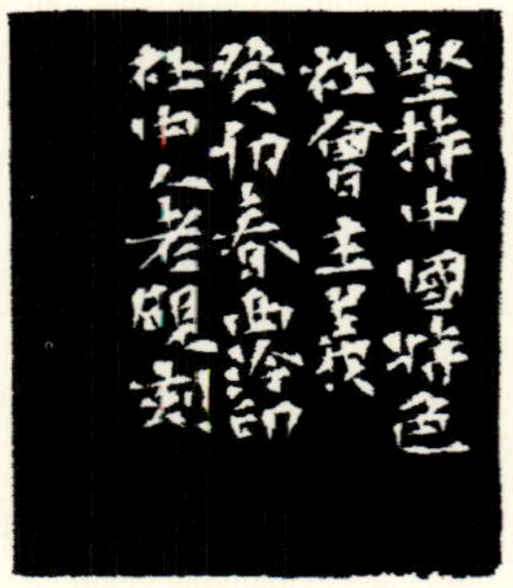

季关泉

长三点三厘米　宽三点三厘米　高六点七厘米

印文　实现高质量发展

边款　实现高质量发展。癸卯西泠印人季关泉作。

林尔

长三厘米　宽三厘米　高七点八厘米

印文

发展全过程人民民主

边款

发展全过程人民民主。癸卯西泠印社林尔刻。

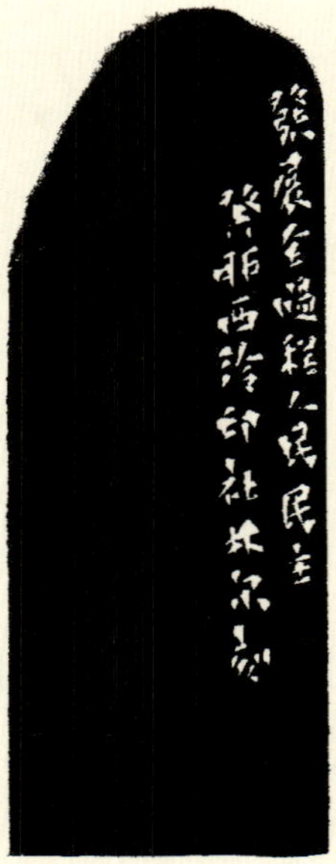

张学斌

长三点二厘米　宽三点四厘米　高八点六厘米

印文

丰富人民精神世界

边款

丰富人民精神世界。癸卯西泠印社张学斌刻。

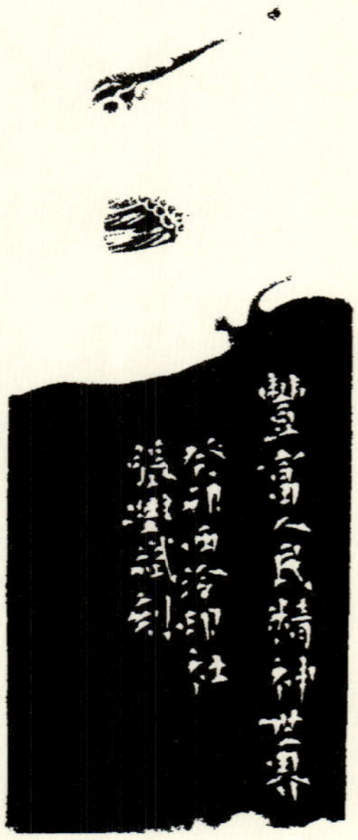

顾建全

长三点五厘米 宽三点五厘米 高九厘米

印文

实现全体人民共同富裕

边款

实现全体人民共同富裕。癸卯西泠印社建全。

宋聪

长五点二厘米　宽五点三厘米　高三点二厘米

印文

促进人与自然和谐共生

边款

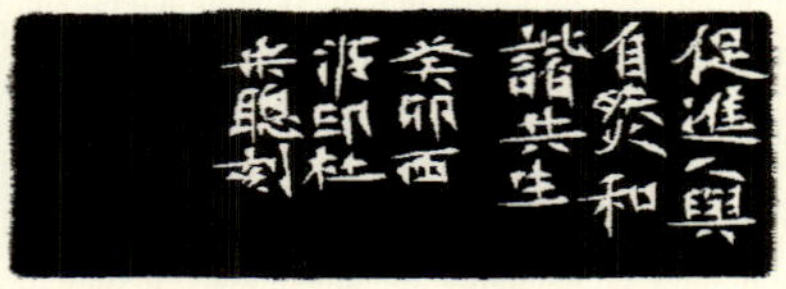

促进人与自然和谐共生。癸卯西泠印社宋聪刻。

陈伯舸

长四点四厘米　宽四点四厘米　高十点五厘米

印文

推动构建人类命运共同体

边款

推动构建人类命运共同体。癸卯西泠印社陈伯舸刻石也。

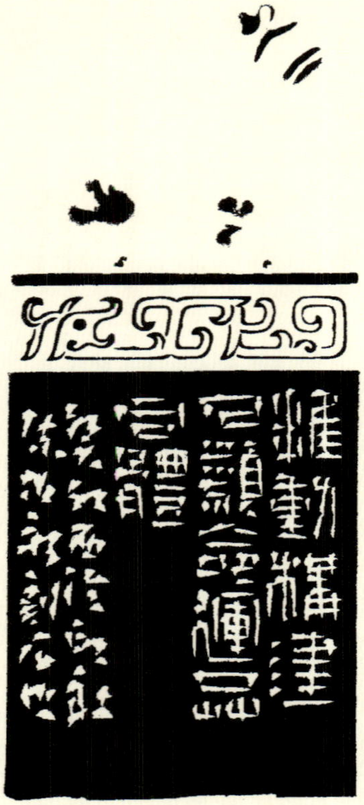

陈巧令

长三点九厘米　宽三点九厘米　高七点六厘米

印文

创造人类文明新形态

边款

创造人类文明新形态。癸卯西泠印社陈巧令刻。

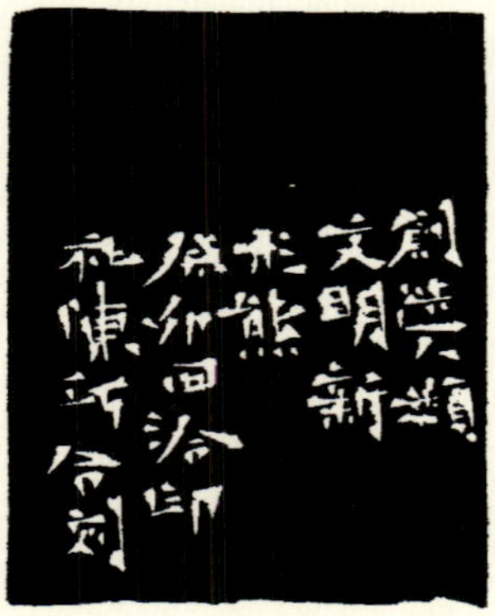

梁军朋

长五点一厘米　宽五点一厘米　高四点八厘米

印文

坚持和加强党的全面领导

边款

坚持和加强党的全面领导。癸卯西泠印社梁军朋刻。

郑超

长五点五厘米　宽三点八厘米　高七点七厘米

印文

坚持中国特色社会主义道路

边款

坚持中国特色社会主义道路。癸卯西泠印社郑超刻。

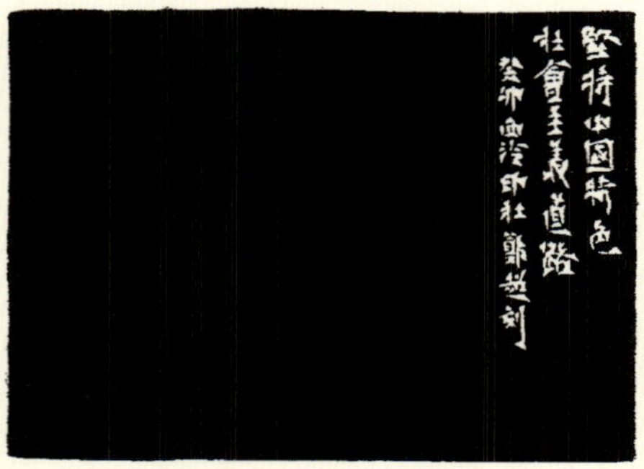

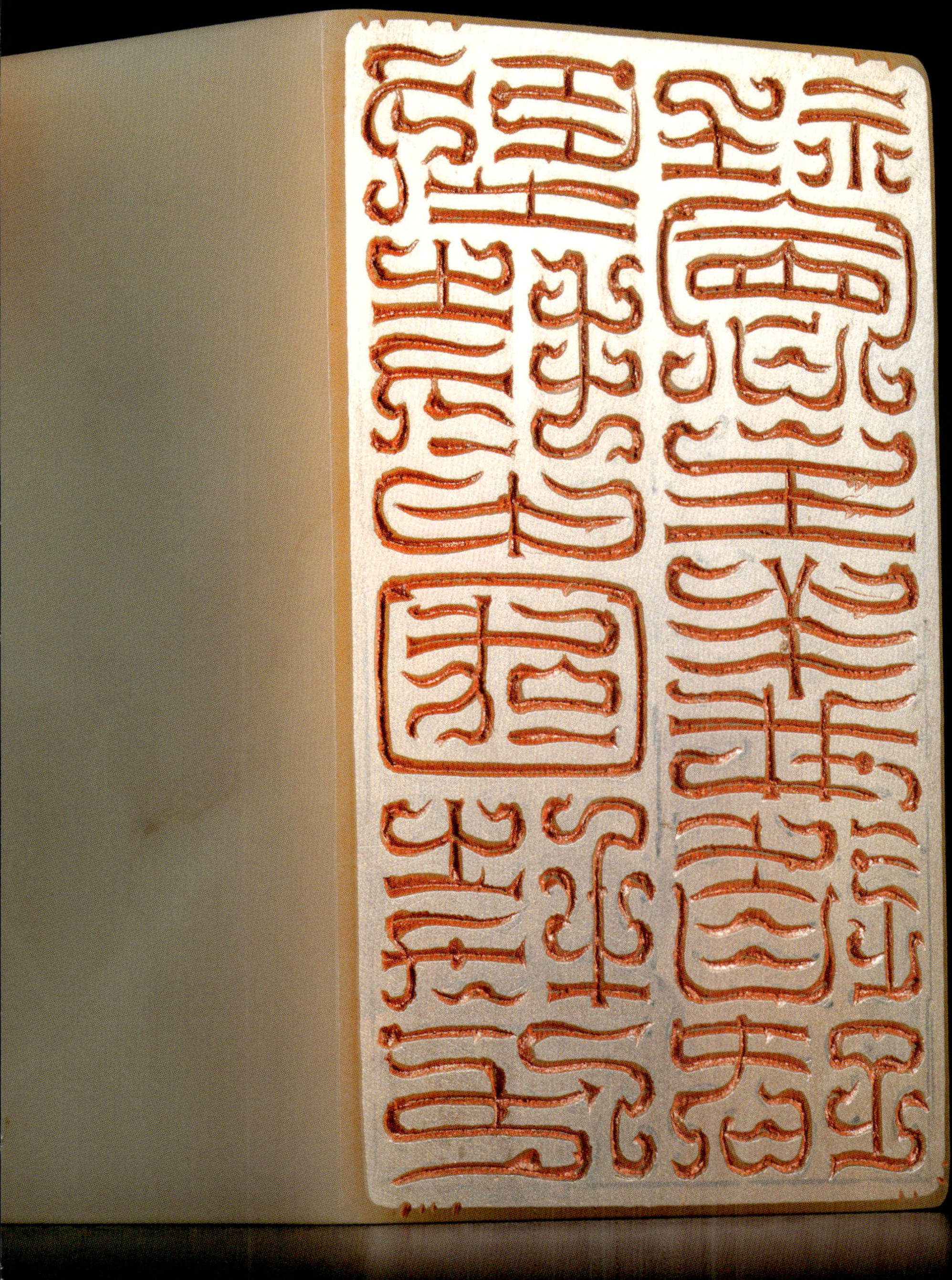

焦新帅

长四点七厘米　宽四点八厘米　高七点六厘米

印文

坚持以人民为中心的发展思想

边款

坚持以人民为中心的发展思想。癸卯西泠印社焦新帅刻。

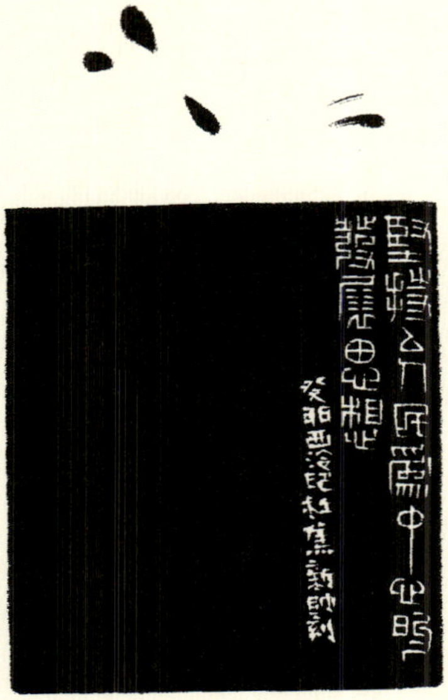

李砚

长三点五厘米　宽三点五厘米　高九点四厘米

印文

坚持深化改革开放

边款

坚持深化改革开放。癸卯西泠印社李砚刻。

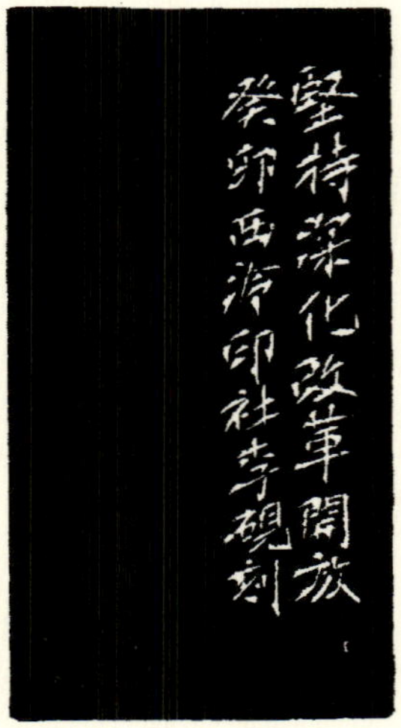

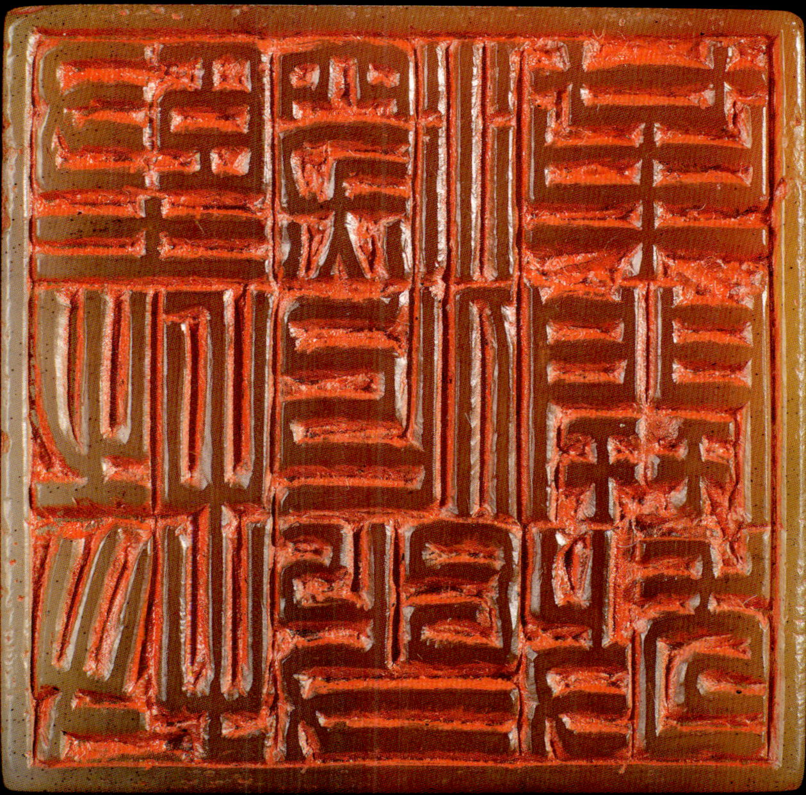

江继甚

长三点八厘米　宽二点五厘米　高五点三厘米

印文

坚持发扬斗争精神

边款

坚持发扬斗争精神。癸卯西泠印社江继甚刻。

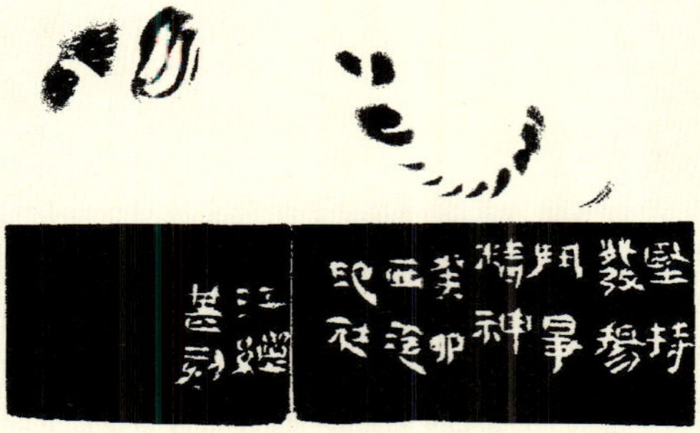

林如

长三点四厘米 宽三点五厘米 高九点三厘米

印文

坚持党的全面领导

边款

坚持和发展中国特色社会主义的必由之路。癸卯西泠印社林如刻。

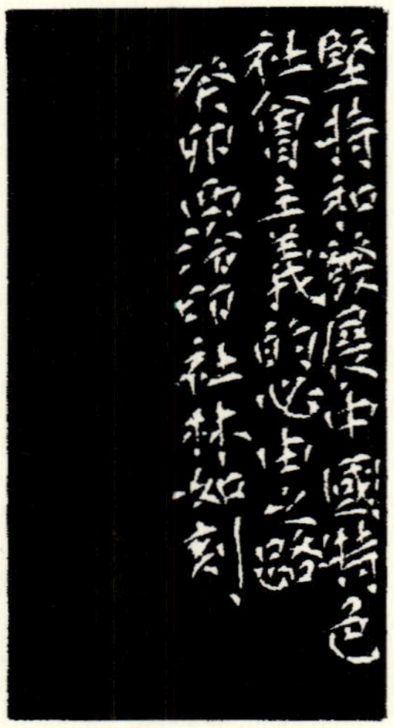

沈正宏

长三厘米　宽三厘米　高六点八厘米

印文

中国特色社会主义

边款

实现中华民族伟大复兴的必由之路。癸卯西泠印社沈正宏刻。

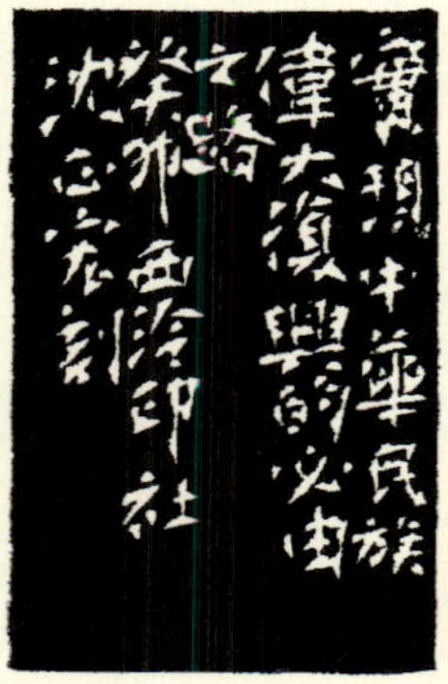

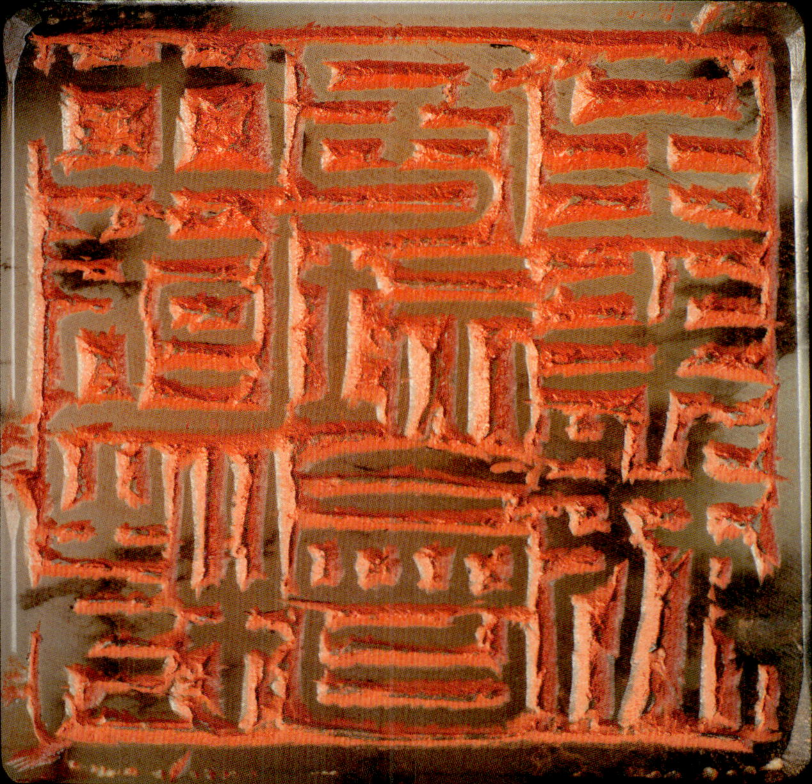

连明生

长二点七厘米　宽二点八厘米　高九点二厘米

印文

团结奋斗

边款

中国人民创造历史伟业的必由之路。癸卯西泠印社连明生刻。

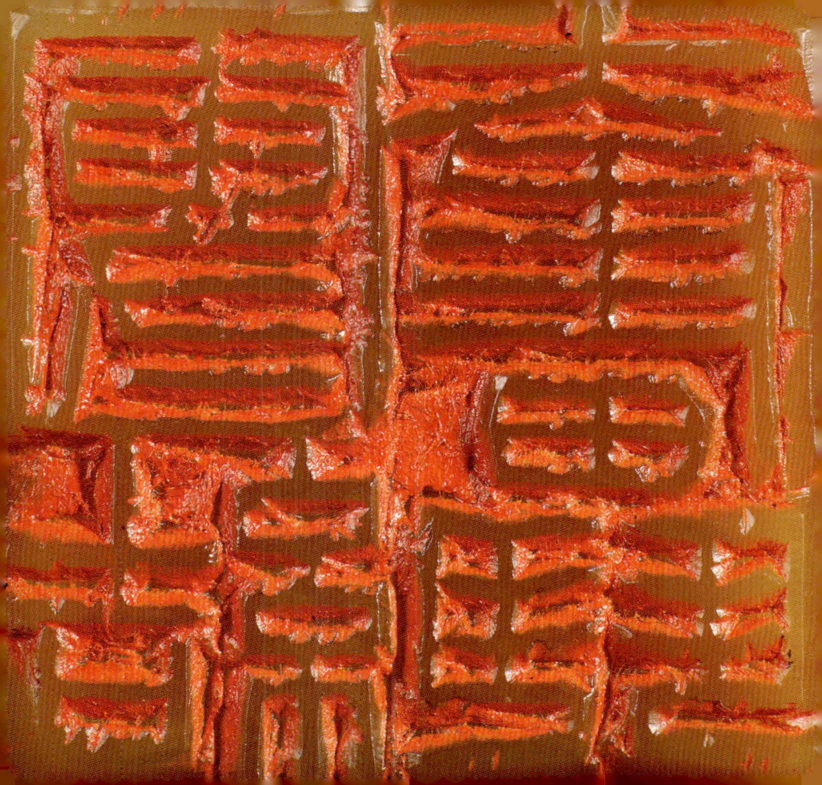

冯立

长四厘米　宽四点一厘米　高十点四厘米

印文

贯彻新发展理念

边款

新时代我国发展壮大的必由之路。癸卯西泠印社冯立刻。

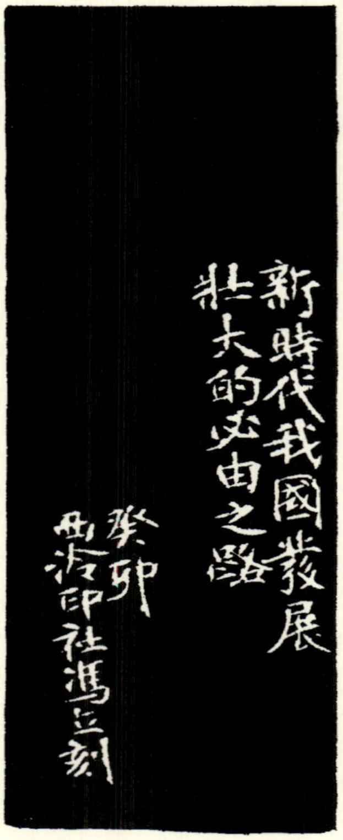

宋开智

长三点二厘米　宽三点二厘米　高四点八厘米

印文

全面从严治党

边款

党永葆生机活力、走好新的赶考之路的必由之路。癸卯西泠印社宋开智。

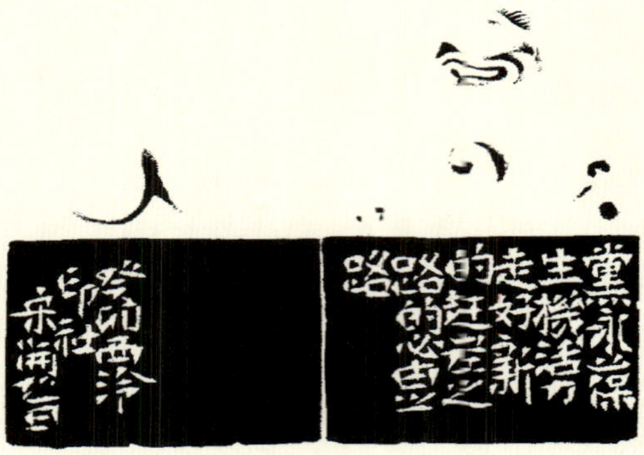

金恩楠

长三点三厘米　宽三点四厘米　高十点一厘米

印文　基本实现现代化

边款　到二〇三五年基本实现社会主义现代化。癸卯西泠印社金恩楠刻。

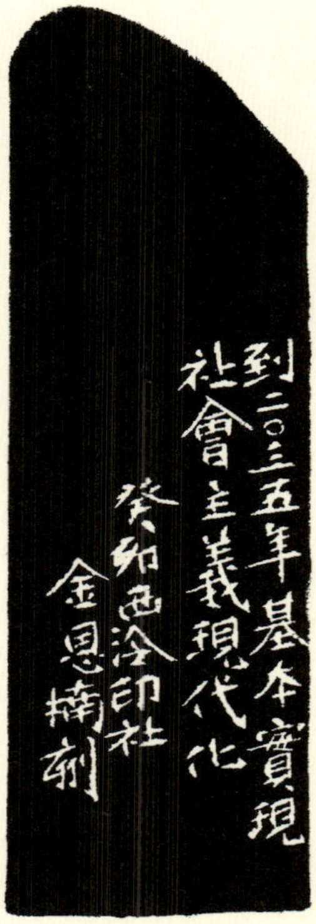

贺维豪

长五厘米　宽四点九厘米　高五点六厘米

印文

富强民主文明和谐美丽

边款

到本世纪中叶把我国建成社会主义现代化强国。癸卯西泠印社贺维豪刻。

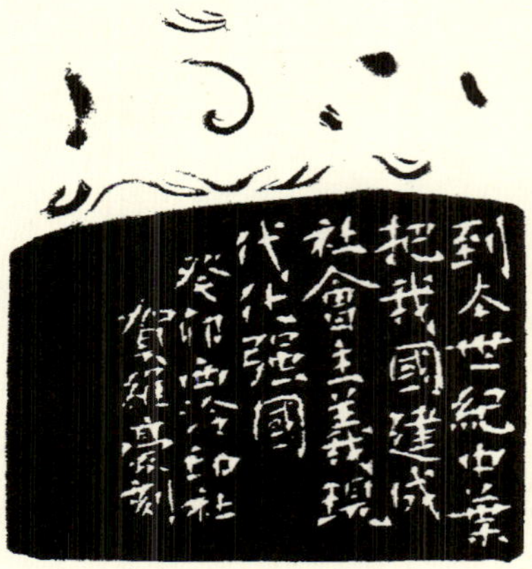

后记

二〇二一年，伟大、光荣、正确的中国共产党百年华诞之际，由习近平总书记亲自决策、亲自批准建设的中国共产党历史展览馆在北京正式开馆。

是年，西泠印社受中宣部委托，在浙江省委宣传部、杭州市委宣传部的精心组织下，邀请重量级社员围绕建党百年主题创作，供党史展览馆收藏展示。次年七月，西泠印社在党史展览馆举办三十六方主题创作印章捐赠仪式，这批印章风格兼及战国秦汉玺文、明清流派等，以当今中国篆刻界最高艺术风貌迎接党的二十大胜利召开。印以志喜，中国共产党建党一百零二年之际，西泠印社再次邀请百位社员以百件党史大事创作百方印章，顺利举行第二批一百零二方印章捐赠仪式，以纪念中国共产党建党以来波澜壮阔的奋斗历程，记录辉煌历史、讴歌伟大时代，礼赞崇高精神、鼓舞昂扬斗志。

为了更好地弘扬伟大建党精神，欢庆中华人民共和国成立七十五周年，彰显西泠人爱国情怀，特将党史展览馆藏一百三十八方由韩天衡、陈振濂、李刚田、童衍方、孙慰祖等名家创作，融合传统文化与红色文化、传统技艺与时代主题的精品佳作结集出版，以历史之壮丽与艺术之佳美奉献读者。

西泠印社